KB265776

# 무정철협

월인 新무협 판타지 소설

FANTASTIC ORIENTAL HEROES

# 무정철협 6

월인 新무협 판타지 소설

초판 1쇄 찍은 날 § 2013년 7월 15일
초판 1쇄 펴낸 날 § 2013년 7월 22일

지은이 § 월인
펴낸이 § 서경석

편집부장 § 권태완
편집책임 § 박은정
편집 § 어정원

펴낸곳 § 도서출판 청어람
등록번호 § 제1081-1-89호
등록일자 § 1999. 5. 31
어람번호 § 제2-2361호

주소 § 경기도 부천시 원미구 심곡2동 163-2 서경B/D 3F (우) 420-822
전화 § 032-656-4452  팩스 § 032-656-4453
http://www.chungeoram.com
E-mail § chungeorambook@daum.net

ⓒ 월인, 2013

ISBN 978-89-251-3371-3 04810
ISBN 978-89-251-3131-3 (세트)

무정철협
월인 新무협 판타지 소설
FANTASTIC ORIENTAL HEROES
8
비사(秘史)
도서출판 청람

# 目次

흙수
第八十九章

푸드득—

무림맹 총단의 비각 창문들이 활짝 열리며 수십 마리의 전서구가 거듭해서 날아들고 또 밖으로 날아 나갔다.

평소에 비해 몇 배는 많은 숫자였다.

이유는 구천련이라는 조직으로 뭉친 흑도의 세력이 무림맹 지부의 곳곳을 급습하여 지부의 삼 할 이상이 공격을 받고 있었기 때문이다.

몇 달 전에도 구천련의 습격이 있었지만 그건 탐색전 수준이었다. 그러나 이번에는 본격적인 습격으로 무림 전역으로 전쟁의 기운이 번져갔다.

두두두—

전서구가 어지럽게 나는 가운데 어림잡아도 백 필이 넘는 인마가 총단의 정문 밖으로 달려나갔다.

각 지부에 지원을 하러 가는 것이다.

무림맹 총단에 있는 사람들은 모두 명문대파나 무림세가의 제자들과 자손들이다. 그래서 무공 수준 역시 일류 고수급이었다.

그들은 지부나 지단으로 나가면 당장 지부장이나 단주가 될 만한 자격을 갖춘 사람들이다.

그들 백여 명이 총단을 나섰다는 것은 그만큼의 지부나 지단이 궤멸되었다는 말이기도 했다.

그런 상황이었기에 변방의 전쟁 분위기가 가장 미약하게 전해지는 무림맹의 총단일지라도 서서히 긴장감이 고조되었다.

그 긴장감은 총단 내에서 무위도식하다시피 하고 있는 낭검단에게도 전해졌다.

방금 말을 타고 정문을 향해 달려나간 백여 명의 무인은 자신들과 안면이 있거나, 오랜 친분이 있는 사람들도 있었다.

그들은 제 몫을 하며 다시는 돌아올 수 없을지도 모르는 사지로 떠나는데 자신들은 여전히 쓸모없는 쭉정이들로 밥이나 축내고 있다는 생각에 바늘방석에 앉은 기분이었다.

"이젠 밥 한 끼 먹는 것도 눈치가 보이는군."

식당에서 식판을 든 낭검단 청년 하나가 입맛을 다시며 중얼거렸다.

"그럼 먹지 말든가."

다른 청년이 뚱하게 말을 받으며 부지런히 젓가락을 놀려 볼이 부풀도록 음식을 입안으로 집어넣었다.

"남들 두 배는 먹는 식충이 같은 놈!"

청년이 눈살을 찌푸리며 말했다.

"많이 먹든 적게 먹든 무위도식하기는 마찬가지지."

부지런히 젓가락을 놀리던 청년도 지지 않고 대꾸했다.

"이 짓도 지겨워서 못해 먹겠군!"

묵묵히 음식을 들던 다른 청년 하나도 짜증이 묻어나는 음성으로 말하며 젓가락을 소리 내어 놓았다.

가문은 쟁쟁하지만 가문의 문제아로 이곳에 와서 가문에서와 마찬가지로 개밥의 도토리 신세가 된 지 몇 달이 지나자 스스로도 지치기 시작한 것이다. 그래도 가문에서는 눈치라도 덜 보였지만 이곳에서는 눈치가 이만저만이 아니었다.

"훈련이라도 했으면 좋겠군."

멀찌감치 떨어져 있던 청년 하나가 지나가는 소리로 말했다.

현재 이곳에서 자신들이 할 수 있는 것은 그것밖에 없었다.

다른 청년들은 벌써 몇 달 전에 부대에 배치되어 자신의 임무에 맞게 소기의 수련과 함께 단체 훈련도 했지만 낭검단은 아무것도 하지 않고 단주 한 사람만 빼고는 직책도 정해지지 않았다.

"그거라도 하는 척하고 있으면 눈치는 덜 보이겠지."

다른 청년도 맞장구를 쳤다.

"청해마검의 제자라는 그 인간, 눈이 날카로워. 이런 상황이 될 줄 알고 스스로 준비가 되거든 찾아오라고 했어."

다른 누군가 기다렸다는 듯이 끼어들었다. 그러자 여러 개의 시선이 그를 향했다.

그들 역시 말은 하지 않아도 다른 청년 부대의 대원들처럼 제대로 된 조직을 갖추고 제구실을 하고 싶었다.

"그때 누구보고 찾아오라고 했지?"

청년 하나가 옆쪽을 힐끗 쳐다보며 말했다.

그곳에는 흑의 경장을 차려입은 청년이 혼자서 식사를 하고 있었다.

그는 하남 백가장의 셋째 아들인 백한도(白韓渡)였다.

"저 친구가 싫다면 또 누구보고 오라고 했지?"

청년들의 시선이 이번에는 반대쪽으로 향했다.

그곳에도 역시 혼자서 식사를 하고 있는 청년이 있었다.

섬서 녹류산장 장주의 둘째 아들인 복하진(卜夏眞)이었다.

두 사람은 비슷하게 누구하고도 어울리지 않고 혼자 지냈고 밥도 혼자 먹었다.

탁!

먼저 시선을 받은 백한도가 젓가락을 놓고 식판을 들고 일어섰다.

　그는 단주를 찾아가고 싶은 마음이 조금도 없어보였다.

　백한도가 일어서자 청년들의 눈이 복하진에게로 쏠렸다.

　묵묵히 음식을 먹기만 하던 복하진이 고개를 들었다.

　"왜? 이제라도 밥값을 하고 싶은가?"

　복하진이 냉소와 함께 말했다.

　"밥값은 우리 아버지가 계산할 테니 상관없고… 난 청해마검의 제자라는 그 청년이 훈련을 시킨다면 대체 어떤 방식일지 그것이 내내 궁금했어."

　강퍅한 인상의 청년이 입꼬리를 비틀며 말을 받았다.

　썩어도 준치라고 문제아이긴 하지만 자신들은 모두 명문대가의 자손이었다. 그런 자신들을 비슷한 또래의 청년이 나서서 어떻게 훈련을 시킬지 궁금했다.

　"솔직히… 그건 좀 궁금하군. 청해마검이 제자를 어떻게 키웠는지 알 수도 있을 테니."

　다른 청년들도 같은 심정이라는 듯 강퍅한 인상의 청년을 쳐다보았다.

　"아마도 숨도 못 쉬게 굴릴걸. 집무실 문을 열면 위에서 떨어지게 해놓은 뱀들을 단 일검에 수십 조각으로 날려 버리던 그 냉정한 손속으로 보아 절대로 호락호락하지 않을 거야."

　다른 청년 하나가 빙글거리며 말했다.

　"재미있군."

복하진이 피식 미소를 지었다. 그리고는 가타부타 말도 없이 자리에서 일어서서 식판을 들고 밖으로 나갔다.

"뭐야? 찾아가 보겠다는 거야, 말겠다는 거야?"

청년들이 눈살을 찌푸리며 복하진이 나간 문 쪽만 쳐다보았다.

＊　　　＊　　　＊

"그동안 특별한 목적도 없이 그냥 모였다가 헤어졌단 말인가?"

중후한 목소리가 실내에 울렸다.

낮게 가라앉으면서도 묵직한 음성은 심후한 내공을 느끼게 해주었다.

"그렇습니다. 무언가 의논할 일이 있어 우리를 모이게 한 줄 알았는데 특별한 말도 없었고 목적도 없었습니다."

청년의 목소리가 답했다.

청년의 대답에 중후한 목소리가 잠시 끊어졌다.

"그 외 특별한 점은?"

중후한 목소리가 다시 물었다.

이번에는 젊은 목소리가 끊어졌다. 잠시 생각을 하는 것 같았다.

"지금 와서 생각해 보니 놈이 우리를 모이게 한 것은 우리가 몇 번이나 한 장소에서 놈과 회동을 했다는 것을 누군가에게 보이게 하는 것이 목적이었던 것 같습니다.”

젊은 목소리가 자신의 의견을 피력했다.

“그렇단 말이지?”

중후한 목소리가 대꾸했다.

“그런데 놈이 왜 그런 행동을 했는지, 아니, 그를 왜 주시하시는지……?”

젊은 목소리가 조심스럽게 물었다.

“놈은 첩자일 가능성이 높다.”

중후한 목소리가 단언하듯 말했다.

“그럴 리가……?”

젊은 목소리가 믿어지지 않는다는 음성을 토했다.

“내 말을 못 믿겠다는 것이냐?”

중후한 목소리에 노기가 어렸다.

“아, 아닙니다. 그런 게 아니라…….”

“아니면?”

“그는 속과 겉이 다르게 행동할 사람이 아닌 것 같아서…….”

젊은 목소리에 여전히 불신의 기운이 흘렀다.

“열 길 물속은 알아도 한 길 사람 속은 모른다는 말을 들어보지 못했느냐?”

중후한 목소리가 더 낮게 울렸다.

“잘 알겠습니다. 제 생각이 짧았습니다.”

젊은 목소리에서 불신의 기운이 걷혔다.

“앞으로도 놈이 특별한 행동을 하면 즉시 알려라. 그리고 이것은 성운도법(星雲刀法)의 핵심구결이다. 네 도법에 추가하면 훨씬 날카로워질 것이다.”

“정말, 정말 감사합니다.”

젊은 목소리에 격앙의 기운이 어렸다.

“나가 보아라.”

잠시 후 문소리가 들리며 침묵이 내려앉았다.

“쥐새끼 같은 놈…….”

중후한 목소리의 주인 무림맹 외당 당주 백리찬이 비웃음을 흘렸다.

건강한 체격에 청수한 외모의 그는 정인군자의 표상 같은 용모를 하고 있었다. 특히 가지런하고 길게 자란 턱수염은 관운장 같은 분위기를 풍겼다.

그러나 지금 이 순간 그의 눈빛은 뱀처럼 차갑게 빛나고 있었다.

그것도 잠시,

“흐음!”

낮은 기침 한 번과 함께 그의 얼굴은 다시 처음의 청수하고 정인군자의 표상 같은 모습으로 되돌아왔다.

“당주님!”

밖에서 사내의 목소리가 들렸다.

"들어와라!"

외당 당주 백리찬은 중후한 목소리로 화답했다.

"다녀왔습니다."

실내로 들어온 사내가 깊이 허리를 숙였다.

그는 유한성이 무림맹에 들어온 이후부터 내내 유한성의 움직임을 감시하던 그 사내였다.

"조사한 것은?"

백리찬의 목소리가 가라앉았다.

"놈은 정주유검가 가주의 막냇동생인 유세연의 아들이라 합니다."

"유세연?"

백리찬의 이마에 작은 주름이 어렸다.

"예, 그렇습니다."

사내가 고개를 끄덕였다.

"어쩐지 귀에 익은 이름 같은데……."

백리찬의 시선이 허공을 부유했다.

"그럴 리가요? 그는 이십 년 전에 죽었다고 했습니다."

"그런가? 내가 착각을 한 모양이군."

백리찬이 고개를 흔들고는 상념을 떨쳤다.

"그런데 그놈이 어떻게 자신 가문의 무공을 익히지 않고 청해마검의 제자가 되었지?"

백리찬이 다시 의문을 품었다.

"그는 어린 시절 다른 곳에서 자랐다고 합니다. 그곳에서 우연히 청해마검과 인연을 맺고 제자가 된 것 같습니다. 정주 유검가에서도 그의 존재를 모르고 있다가 최근에 그가 가문을 찾아와서 알았다고 합니다."

사내가 부연설명을 했다.

"그럼 그의 아비가 아무도 모르게 뿌린 씨를 그의 가문에서 최근에 수확을 했단 말인가?"

백리찬의 입가에 옅은 조소가 어렸다.

"그런… 것 같습니다."

사내가 답했다.

"유검가로서는 호박이 넝쿨째 굴러온 셈이군."

백리찬은 입맛을 다셨다.

정주유검가가 굴러들어온 호박을 넝쿨째 볶아 먹든 삶아 먹든 상관없다. 문제는 놈이 정주와 허창에서 교에 큰 피해를 주고 이곳까지 와서 설친다는 것이다.

군사 제갈진이 놈을 이곳으로 부른 이유는 정주에서 조직한 정호회 타격대를 탁월하게 조련한 능력을 인정해서 이곳에서도 그런 역할을 맡을 것이라고 했지만 그건 어디까지나 형식적인 이유였다. 실제로는 놈이 제 사부처럼 오룡회의 일을 돕는 것이다.

오룡회는 황궁에서 요공공의 세력을 축출하려다가 제거

당하거나 도리어 축출된 조직이다. 그 조직이 재건되어 예전처럼 설친다면, 그래서 요공공을 찍어낸다면 교로서는 큰 타격을 입을 것이고 전면전인 계획수정이 불가피하다. 그러기 전에 놈을 잡아 무림맹에서 조직된 오룡회의 일원이 누구인지, 어떤 일을 꾸미는지 알아내야 한다.

“더 알아낸 사실은?”

“그놈이 최근 동창의 한 조직을 모두 도륙했다는 정보가 있습니다.”

“동창?”

“그렇습니다. 동창의 구당두가 번역들을 이끌고 그놈을 잡으러 갔다가 몰살을 당한 것 같습니다.”

“그런데도 동창에서는 놈이 이곳에 올 때까지 가만히 있었단 말이지?”

백리찬의 검미가 꿈틀하고 요동쳤다.

“그건 동창의 공식적인 임무가 아니라 구당두 혼자서 개인적으로 저지른 일이라 적극적으로 관심을 가지지 않았다고 합니다. 또한 구당두 자리는 벌써 다른 자가 차지해서 공백이 메워진 상태입니다.”

“쯧쯧! 동창도 이젠 썩었어. 더 이상 믿을 수가 없는 조직이야.”

백리찬이 혀를 찼다.

“현재 놈의 행적은?”

백리찬이 청년을 향해 물었다.

"며칠 전부터 숙소에서 두문불출하며 꼼짝도 하지 않고 있습니다."

"두문불출?"

백리찬의 눈살이 찌푸려졌다.

놈이 오룡회의 일을 맡은 이상 누군가와 접촉해야 한다. 그런데 지금껏 놈이 접촉한 사람들은 세가의 청년들이다. 처음에는 그놈들을 의심했지만 연막을 피우기 위한 단순한 회동일 뿐이었다.

"네가 놓친 것은 아니냐?"

"아닙니다. 다른 경로를 통해 알아보았지만 놈은 숙소에 틀어박혀 있는 것이 확실합니다."

청년이 목소리를 조금 높이며 답했다.

"그렇다면 당분간 놈은 그대로 두고 다른 임무를 수행해라."

백리찬이 청년을 향해 몇 가지 지시를 내렸다.

"복명!"

청년이 허리를 숙인 후 밖으로 나갔다.

청년이 나간 후 백리찬은 생각을 정리하려는 듯 허공에 시선을 고정한 채 자리에 앉아 있었다. 그런 그의 눈에서 차가운 광채가 쏟아져 나왔다.

"설마 눈치라도 챘단 말인가?"

백리찬이 그럴 가능성에 대해서도 의심을 해보았다.

절로 머리가 흔들어졌다.

수하에게 절대로 일정 거리 이상은 접근하지 못하게 했다. 그 정도 거리라면 자신도 감지할 수 없다.

눈치를 챘다기보다는 조심성이 많아 경거망동하지 않는 쪽일 가능성이 높았다.

"어쨌든 상관없다. 며칠 후면 네놈의 운명도 골치 아픈 계집과 함께 끝날 테니. 후후!"

백리찬이 차가운 웃음을 지었다.

"흠!"

얼굴에 피어오른 웃음기를 지운 백리찬은 창밖으로 고개를 돌렸다.

푸르륵!

가벼운 날갯짓과 함께 전서구 한 마리가 날아들었다.

보통의 회색이나 잿빛 비둘기들과 달리, 깃털에 검은색이 더 많이 감도는 비둘기는 외양도 보통의 비둘기와 다르게 억세고 강인해 보였다.

하룻밤에 천리를 날아간다는 천리신구였다.

구구구!

창가에 앉은 천리신구는 자신의 존재를 알아달라는 듯 울음소리를 토했다.

백리찬은 창가로 다가왔다. 그리고는 천리신구에게 팔뚝을 내밀었다.

천리신구는 기다렸다는 듯 백리찬의 팔뚝에 올라 날개를 퍼덕거렸다.

천리신구를 안쪽으로 데려와 전통을 떼어낸 백리찬은 놈을 새장에 넣고는 물과 먹이를 함께 넣어주었다.

구구구!

천리신구는 자신의 고단한 임무에 대한 보상을 받듯이 게걸스럽게 모이를 쪼았다.

전통에서 작게 말린 종이를 꺼낸 백리찬은 책 한 권을 꺼내 종이에 적힌 암호를 해독해 나가기 시작했다.

작은 글씨로 빽빽이 적힌 암호는 의외로 양이 많았다.

슥슥!

한참 동안 다른 종이에 암호를 해독해 적은 백리찬은 그것을 유심히 읽기 시작했다.

"삼화?"

백리찬은 이맛살을 찌푸렸다.

"어쩐지 귀에 익다 했지. 그놈이 그놈이었단 말인가?"

중년인이 눈 사이를 슬쩍 좁히며 한 개의 이름을 읊조렸다.

"삼화라… 그 천한 년에게 그럴 가치가 있었나?"

중년인의 음성에 진한 호기심이 어렸다.

"재미있군, 정말 재미있어. 후후후!"

백리찬은 낮고 음울한 웃음을 토했다.

번민(煩悶)
第九十章

"휴우—"

긴 한숨 소리가 흘러나왔다.

뭇 사내들의 애간장을 녹일 만한 아름다운 여인의 한숨 소리였다.

그러나 주변에는 사내들은 물론, 시비조차 없이 여인 혼자였다.

'어떻게 될까?'

한숨을 길게 내쉰 여인, 제갈단영은 수심 가득한 얼굴로 창밖만 바라보고 있었다.

창밖에는 찬바람 사이로 언뜻언뜻 봄 냄새가 스며들었지

만 그녀는 그것을 조금도 느끼지 못한 채 시름에 잠겨 있었다.

'과연 잘한 일일까?'

제갈단영은 그동안 무수히 반복했던 번민에 다시 휩싸였다.

외당 당주 백리찬은 어릴 때부터 자신을 친딸 이상으로 귀여워해 준 사람이었다.

그런 그를 주시하라고 유한성에게 은밀히 알려준 후 그녀는 한동안 내가 무슨 짓을 한 것인가 하고 수없이 고뇌했다.

그동안 자신이 착각한 것이기를 수천 번도 더 기원했지만 저주스런 능력은 점점 더 확연히 느끼게 해주었다.

의백 백리찬에게서 배신의 냄새를 맡은 것은 열네 살이 되던 해였다.

그날은 세가의 후원에 백목련이 만발한 봄날이었다.

그날 백리찬은 삼 년 만에 세가를 방문했다.

그전에는 한 달에 한 번은 꼭 부친을 만나 친교를 나누었지만 그동안 새외로 긴 여행을 떠나 삼 년 만에 돌아왔다고 했다.

오랜만에 해후한 두 사람은 서로 얼싸안고 반가워하다가 후원의 백목련 꽃나무 아래에서 봄을 만끽하며 술잔을 기울였다.

해후의 반가움과 그윽한 봄의 정취에 취한 두 사람은 과음을 했고 하인들의 부축을 받으며 숙소로 돌아갈 정도로 취했다.

제갈단영은 시비와 함께 후원의 꽃구경을 하다가 고수답지 않게 비틀거리는 두 사람을 보고 배를 잡고 웃었다. 그리고 시비와 같이 두 사람을 부축했다.

그때 백리찬에게서 느껴지던 초겨울 바람처럼 서늘한 한 줄기 기운!

진한 술 냄새와 함께 백리찬의 영혼에서 풍겨 나온 그 기운은 이제껏 자신이 알던 의백이 맞나 싶을 정도로 이질적이었다.

삼 년 만에 만난 백리찬은 완전히 다른 사람으로 변해 있었다.

그때 제갈단영은 그 자리에 주저앉아 버렸다.

시비와 다른 사람들은 부친을 부축하다 발을 헛디딘 줄 알았지만 결코 그게 아니었다.

너무 가까운 사람에게서 느낀 배신의 기운에 의한 정신적 충격!

그 충격은 너무 컸고 아직 어린 그녀로서는 도저히 감당할 수 없을 정도로 벅찼다.

그날부터 며칠 동안 그녀는 자리에 누워 고열에 시달리며 자신의 느낌이 틀리기만을 빌었다.

그러나 의백 백리찬에게서 한번 풍겨 나온 그 기운은 사라

지지도 옅어지지도 않았다. 시간이 지날수록 오히려 조금씩
더 확연해졌다.

그 후 제갈단영은 의백을 예전처럼 대하는 것이 너무 힘들
었다. 그 결과 실어증에 걸려 한동안 말을 못하고 글로 대신
하다가 수화를 배워 그것으로 의사를 표현하기도 했다.

한참 후에 실어증에서 벗어난 그녀는 혼신의 힘을 다해 평
정심을 유지하며 색다른 표시를 내지 않고 지금까지 긴 세월
을 인고해왔다. 그리고 며칠 전 유한성을 만나 그 사실을 털
어놓았다.

제갈단영은 마치 무언가에 홀린 것 같다는 생각이 들었다.

부친에게도 털어놓지 못한 사실을 단 한 번 본 사람에게 털
어놓다니…….

정신이 나가지 않고서야 어떻게 그럴 수 있을까 하며 자책
하다가도 이제껏 만난 사람들 중 유일하게 내심을 읽을 수 없
는 철심을 지닌 유한성의 견고함과, 어떤 순간에도 한 점 흔
들림 없는 눈빛을 떠올리면 자신도 모르게 그 결정이 옳았다
는 생각이 들곤 했다.

"휴우—"

제갈단영은 다시 긴 한숨을 내쉬었다.

그동안 혼자만 짊어지고 있던 무거운 짐을 유한성에게 덜
어주며 홀가분해질 줄 알았는데 오히려 마음은 더 무겁고 혼
란스럽기만 했다.

'그 사람은 어떻게 하고 있을까?'

제갈단영은 자신이 털어놓은 엄청난 사실을 듣고 유한성이 어떻게 움직일지 궁금하기 짝이 없었다. 그래서 시비를 통해 유한성의 움직임을 몇 번이나 알아보게 했지만 요 며칠 유한성은 칩거에라도 들어간 듯 숙소에서 두문불출이었다.

제갈단영은 다시 마음이 무거워졌다.

철혈의 심장과 영혼을 가지 사내였지만, 그래서 자신도 모르게 의지하게 되었지만 의백 백리찬은 너무 거대한 상대다.

무공면에서나 세력면에서 유한성과는 비교가 되지 않는 사람이다.

그 중압감 때문에 유한성은 아직까지 두문불출하고 있다는 생각도 들었다.

그런 생각이 들자 머리가 더욱 혼란스러워졌다. 그리고 온몸의 기력이 빠져나갔다.

'이러다간 쓰러지겠어.'

제갈단영은 억지로 몸을 일으키며 시비를 불렀다.

시비가 토끼처럼 달려왔다.

"오늘은 바깥바람을 좀 쐬어야겠어. 준비해 주겠니?"

제갈단영은 이마에 흘러내린 머리칼을 쓸어 올리며 말했다.

"어머! 어쩐 일이세요, 아가씨? 며칠 동안 한 발짝도 나가지 않고 방에만 틀어박혀 있더니."

시비가 호들갑을 떨며 말했다.

바깥구경을 한다는 생각에 그녀의 마음은 이미 구름 위에 올라 있었다.

"그래서 나가자는 것이 아니니."

제갈단영이 시비를 향해 답했다.

"당장 준비할게요, 아가씨. 저도 얼마나 나가고 싶었는데요."

시비는 들어왔을 때보다 훨씬 빠르게 밖으로 뛰어나갔다.


"이게 뭐예요, 아가씨! 바깥바람을 쐰다기에 좋아했는데 계곡이 웬 말인가요."

시비 홍영이 울상을 지으며 한탄을 토했다.

무림맹에 들어온 후 처음으로 하는 바깥나들이에 잔뜩 들떴는데 제갈단영의 발걸음이 향하는 곳은 저잣거리와는 거리가 먼, 무림맹 총단에서 한참 떨어진 산속의 계곡이었다.

"그럼 그렇지. 내 팔자에 무슨……."

홍영은 땅일 꺼질 듯한 한숨과 함께 소금에 절인 채소처럼 풀이 죽었다.

무림맹 총단이 들어선 건물 주변은 중원 어느 곳보다 더 번화한 곳으로 변했다.

기라성 같은 중원의 고수들과 무림 세가의 자제들이 한 번씩 밖으로 나와 뿌리는 돈은 보통 사람들의 상상을 불허하는

정도였다. 그러다 보니 돈 냄새를 맡은 장사치들이 무림맹 총
단 주변으로 금방 모여들었고 저잣거리는 순식간에 중원 어
느 곳 못지않은 번화가로 변모했다.

시비 홍영은 그 저잣거리를 마음껏 활보하며 노리개도 구
경하고 떠돌이 약장수들의 묘기도 구경하고 싶었다. 아울러
먹음직스런 먹거리들도 하나씩 맛볼 생각에 절로 군침이 넘
어갔다.

하지만 사람들과 마주치는 것을 극도로 싫어하는 제갈단
영은 사람들이 보이지 않는 쪽으로만 발길을 옮겼고 결국 이
곳 계곡까지 온 것이다.

"계곡보다 더 맑은 바람이 부는 곳이 어디 있다고 그러니."

제갈단영은 온화한 미소와 함께 홍영을 쳐다보았다. 그러
나 그녀의 눈에는 측은한 기색이 짙게 감돌았다.

그녀라고 어찌 홍영의 마음을 모르겠는가?

주인을 잘못 만나 가문에서는 물론, 이곳에서까지 더불어
외톨이 신세로 지내야 하는 마음이 고스란히 짐작되었다.

"바람이야 이곳만큼 좋은 곳도 없겠지요. 하지만 어디 이
런 바람만 바람인가요?"

홍영은 애써 마음을 다잡으면서도 어쩔 수 없는 푸념을 토
했다.

"어쩌겠니. 다 주인을 잘못 만난 탓이지."

제갈단영이 낮은 한숨과 함께 대꾸했다.

“아, 아가씨. 제가 잘못했어요. 이년이 아직 철이 덜 들어 헛소리를 늘어놓았어요. 용서해주세요.”

제갈단영의 한숨 소리에 홍영은 창백한 표정과 함께 얼른 무릎을 꿇었다.

“네가 잘못한 것이 뭐가 있다고 그래. 천형과도 같은 능력을 타고난 내 운명 탓이지. 그러니 오늘은 여기서 바람 좀 쐬도록 해.”

제갈단영이 얼른 홍영을 일으키며 말했다.

“아가씨… 흑!”

제갈단영의 고뇌를 짐작한 홍영이 눈물을 흘렸다.

“며칠 후엔 유 공자님과 함께 저잣거리로 나가보도록 해. 그 공자님이 곁에 있다면 사람들 많은 곳에서라도 견딜 수 있을 것 같아.”

제갈단영이 약간 흥분된 기색과 함께 말했다.

“정말… 정말 그 공자님과 함께하면 괜찮은 건가요?”

홍영의 눈이 반짝 빛을 발했다.

그것만큼 다행스럽고 반가운 일이 없을 것 같았다.

“그럴 것 같아. 그 공자님의 바위처럼 단단한 마음을 옆에서 느끼게 되면 나도 더불어 마음이 단단해지는 것 같아.”

제갈단영이 얼핏 미소를 지으며 답했다.

“그럼 같이 가자고 졸라… 아니, 부탁해 보세요. 아니, 아니에요. 아가씨께서 부탁한다면 좀 그렇고… 제가 자연스럽

게 동행할 수 있는 좋은 구실을 만들어 볼게요. 그때 같이 가
도록 해요."

홍영이 생기가 두 배로 왕성해진 듯 목소리를 높였다.

홍영의 그런 모습에 온화한 미소를 짓던 제갈단영이 흠칫
표정을 굳혔다.

[아가씨! 주변에서 음습한 기운이 느껴집니다. 어서 돌아갈
채비를 하십시오.]

은신한 채 제갈단영을 따르던 호위무사 한 사람으로부터
다급한 전음이 들렸다.

"내 정신 좀 봐! 급한 일이 있었는데 깜박했구나. 어서 돌
아가야겠다."

제갈단영이 홍영을 향해 말했다.

"어떡해요, 아가씨. 모처럼 나왔는데……."

홍영이 안타까운 표정으로 제갈단영을 쳐다보았다.

"바람은 다음에 저잣거리에서 마저 쐬도록 하자."

제갈단영이 얼른 채비를 차렸다.

"그래요, 아가씨. 그렇게 해요."

저잣거리란 말에 홍영이 반색을 하며 짐을 챙겼다.

그러나 늘어놓은 것들을 반도 챙기기 전에 청의 경장을 걸
친 사내 하나가 저쪽 바위 뒤에서 모습을 드러냈다.

서른 중반 정도의 나이에 몸매가 호리호리한 사내였다.

그 뒤로 흑의무복을 입은 다섯 명의 인영이 그림자처럼 같

이 모습을 드러냈다.

흡사 유령이 솟아나는 듯한 그들의 모습에 홍영은 눈을 동그랗게 뜨며 사방을 살피다가 얼른 제갈단영 앞을 막아섰다.

"이것 보시오, 소저. 이왕 놀러 나온 김에 같이 놀다가 가는 게 어떻겠소?"

호리호리한 몸매의 장년 사내가 빠르게 다가오며 말을 건넸다.

얼굴은 웃고 있었지만 그 눈은 맹수처럼 이글거렸다.

장년 사내를 쳐다보던 제갈단영은 진저리를 쳤다.

장년 사내의 몸으로부터 야수보다 더 진한 잔혹한 기운이 느껴졌기 때문이었다.

사람의 목숨을 파리 목숨처럼 여기는 인간!

장년 사내는 그런 부류의 인간이었다.

타고나기를 그렇게 타고났는지, 아니면 태어난 이후 철저히 그런 삶을 살아 그렇게 되었는지 모르겠지만 장년 사내의 몸에서는 끔찍한 살인마의 냄새가 풍겼다.

또한 장년 사내를 따라 나온 복면인들 역시 장년 사내 못지않은 피냄새를 풍겼다.

그들은 오직 명령에 의해 사람의 목숨을 취하는 것 외에는 아무것도 생각할 줄 모르는 유형의 인간들이었다.

휘익!

휙!

인영들이 제갈단영 쪽으로 향하자 숲 속에서 은신하고 있던 호위무사들이 쏟아져 나왔다.

열 명이나 되는 인원이었다.

제갈단영이 무공을 전혀 모르기에 호위무사들은 비교적 많은 숫자였고 모두 일류 고수들이었다.

그들 열 명이면 구파일방의 장문인이라 할지라도 반 시진 이상은 묶어 놓을 수 있다고 자부하는 무공을 지니고 있었다.

"오호! 같이 놀고 싶은 사람들이 더 있군. 그럼 흥이 몇 배로 더 나겠군."

장년 사내가 제갈단영을 보며 미소를 지었다.

혈향이 절로 느껴지는 비릿한 미소였다.

"누구신가요, 당신들은?"

제갈단영이 차분한 목소리로 물었다.

내공을 쌓지 않은 여인으로서는 믿어지지 않는 평정심이었다.

그동안 수많은 심적 고뇌를 이겨내며 그녀의 내심은 무공의 고수들만큼이나 단련되어 있었다.

사내의 눈이 이채를 띠었다.

"무공도 모르는 여인치고는 대단한 강단이군."

사내가 감탄했다는 표정으로 말했다.

제갈단영의 가슴이 쿵! 하고 내려앉았다.

사내는 자신이 누구인지 알고 이 자리에 나타났다는 말

이다.

또한 자신이 무공을 익히지 못했다는 사실까지 알고 있는 자라면 호위무사들에 대해서도 완벽한 준비를 하고 왔을 것이다.

누군가 미리 정보를 준 것이 틀림없다. 그렇지 않다면 저런 극강의 고수가 총단이 지척인 이곳에 이렇게 신속히 나타날 수 없다.

그게 누구일까?

제갈단영의 손끝이 떨려왔다.

사내들에 대한 두려움에 앞서 극히 가까운 곳에 있는 간자에 대한 분노 때문이었다.

'의백일까?'

제갈단영의 의심이 자연 의백 백리찬에게로 향했다.

그가 아무리 배신자라 할지라도 어려서부터 그렇게 귀여워한 자신에게까지 마수를 뻗친단 말인가?

하지만 지금 이런 짓을 할 사람은 그밖에 없다.

분노와 배신감에 피가 역류하는 느낌이었다.

제갈단영은 입술을 깨물었다.

혼란한 마음을 가다듬고 이 상황을 헤쳐 나갈 궁리를 해야 한다.

"저쪽으로 피하십시오, 아가씨!"

호위무사 한 사람이 제갈단영을 향해 말했다.

제갈단영은 천천히 고개를 저었다.

상대는 진저리가 쳐질 정도로 흉포한 살인마다. 저자에 비하면 호위무사들은 양떼들이나 마찬가지다.

부딪친다면 몇 합 겨뤄보지도 못하고 모두 쓰러질 것이다.

문득 유한성의 얼굴이 떠올랐다.

그라면 저 장년 사내의 몸에서 풍겨 나오는 흉포한 기운을 단번에 차단할 수 있을 것 같았다.

하지만 그는 지금 너무 멀리 떨어져 있다.

고함은 물론, 화탄을 터뜨린다고 해도 계곡에 막혀 무림맹 총단까지는 들리지 않을 거리다.

"무얼 원하는가요?"

제갈단영이 장년 사내를 향해 질문을 던졌다.

"후후!"

장년 사내가 웃음을 흘렸다.

"역시 제갈가의 여인답군. 단번에 상황판단을 하고 나서는 것을 보니."

장년 사내는 잠시 호위무사들을 훑어보았다.

마치 먹잇감을 쳐다보는 맹수 같은 눈빛에 호위무사들이 자신도 모르게 진저리를 쳤다.

대결 이전에 느껴지는 기력의 차이였고 심력의 차이였다.

"당연히 제갈가의 장중보옥이 목적이지. 소저가 곱게 따라가 준다면 시비와 호위들은 살려주지."

장년 사내가 입술 끝을 비틀며 말했다.

역시 그의 목적은 제갈단영이었다.

무공도 모르는 여인이었지만 그녀는 무림맹의 군사 제갈진의 영애다.

그녀를 납치한다면 제갈진에게 막강한 타격을 줄 수 있다. 그건 곧 무림맹에 막강한 타격을 주는 것과 마찬가지다.

"개소리!"

호위무사들 중 수장격인 사내가 고함을 질렀다.

"역시 안 되겠지?"

장년 사내가 피식 웃었다.

설사 제갈단영이 순순히 따라간다 하더라도 아무도 살려줄 생각이 없었다.

쨍!

호위무사 하나가 검을 뽑았다.

쨍! 쨍!

장년 사내 뒤쪽에 있던 사내들도 일제히 검을 뽑았다.

"아, 아가씨!"

시비 홍영이 사시나무처럼 떨면서도 제갈단영 옆에 꼭 붙어 섰다. 마지막 순간엔 자신의 목숨을 던져서라도 제갈단영을 구하겠다는 몸짓이었다.

"떨거지들은 치우고 보석은 잘 챙겨라!"

장년 사내가 단호하게 명령을 내렸다.

쉬이익―

명령과 동시에 다섯 사내가 바람처럼 날아들었다.

한 치의 흔들림이나 주저함이 없는 기계적인 움직임이었다.

깡!

까강!

검이 부딪치며 쇳소리가 온통 계곡을 울렸지만 멀리 퍼져나가진 못했다. 계곡의 특수성 때문에 계곡 안에서만 맴돌았다. 그런 위치에서 놈들은 기다리고 있었던 것이다.

째쨍―

다시 날카로운 검명이 울려 퍼졌다. 뒤이어 억눌린 비명도 같이 울렸다.

호위무사 한 명의 어깨가 쩍 갈라지며 피가 튀어 올랐다. 그러나 제갈세가의 영애를 호위하는 무사답게 청년은 악착같이 검을 휘둘렀다.

하지만 몸 한 곳에 큰 상처를 입은 청년의 검로에는 커다란 구멍이 생겼다.

그 구멍을 통해 한 자루의 검이 스며들었다.

푸욱―

어깨가 갈라진 호위무사의 가슴에 검이 박혔다.

호위무사는 두 눈을 부릅뜬 채 가슴에 박힌 검을 두 손으로 세차게 틀어잡았다.

그 짧은 순간을 놓치지 않은 다른 호위무사의 검이 흑의 복면인의 허리를 베어갔다.

흑의 복면인이 미련 없이 검을 버리고 훌쩍 뒤로 물러났다. 그리고는 심장이 꿰뚫린 호위무사가 떨어뜨린 검을 주워들었다.

되도록이면 애검을 버리지 않는 정파무인들의 행동과는 판이하게 다른 모습이었다.

그것은 어떤 짓을 하던 목적을 달성하는 살수들과 흡사한 행동이었다.

쉬이익—

호위무사의 검을 주워 든 흑의인인 다시 검을 휘둘렀다.

그의 검에서 다시 피가 튀었다.

어느새 다른 호위무사 한 명의 가슴도 쩍 갈라진 채 선혈이 튀었다.

"크윽!"

"큭!"

외마디 비명이 각각 들려왔다.

다른 흑의 복면인들에 의해 호위무사 두 명이 더 쓰러졌다. 그때까지 쓰러진 흑의 복면인은 한 명도 없었다.

"아가씨를 밀착 호위하라!"

부하들 네 명이 순식간에 쓰러지자 호위무사의 수장격인 사내가 고함을 지르며 세차게 검을 휘둘렀다.

그의 검에서 시퍼런 광채가 일며 흑의 복면인의 가슴을 쪼갰다.

"큭!"

흑의 복면인 한 명이 억눌린 비명과 함께 무너졌다.

호위무사 네 명이 희생하여 겨우 한 명의 흑의 복면인을 벤 것이다.

동료 한 명을 잃은 흑의 복면인들의 눈에서 살기가 서리서리 뿜어져 나왔다.

"차앗!"

흑의 복면인 하나가 고함을 지르며 구주종횡의 수법으로 검을 휘둘렀다.

호위무사 한 사람의 검이 팔랑개비처럼 허공으로 튕겨 올랐다.

검을 잃은 호위무사가 급급히 뒤로 물러났지만 복면인의 검은 독사의 혓바닥처럼 날름거리며 호위무사의 목으로 날아들었다.

복면인의 검이 호위무사의 목을 베려는 순간, 일렁! 하고 공간이 일그러지며 호위무사의 신형이 사라져 버렸다.

갑작스런 사태에 복면인이 급히 뒤로 물러섰다.

그의 눈에 강한 당혹감이 어렸다.

"이런!"

뒤쪽에서 전투상황을 조망하던 장년 사내가 낮은 신음을

흘렸다.

조금 전의 기이한 상황은 한 개의 깃발에 기인한 것이었다.

호위무사 한 명이 다시 당하려는 순간 제갈단영이 손바닥에 감추고 있던 깃발을 던졌고 깃발로부터 진식이 펼쳐지며 공간이 찌그러진 것이었다.

비록 무공은 익히지 못했지만 신기제갈로 불리는 제갈세가의 여식이었다. 그 수식어에 어울리게 제갈단영은 뛰어난 두뇌와 함께 진식에 조예가 깊었다.

"역시 제갈가의 여식!"

장년 사내는 감탄사를 토하며 제갈단영을 쳐다보았다.

제갈단영의 양손에는 언제 뽑아 들었는지 각각 두 개의 깃발이 더 들려 있었다.

"건, 감, 리의 방위에 두 명씩 서도록 하세요."

제갈단영은 옆에 있는 호위무사 세 명에게 서둘러 지시를 내렸다.

남은 여섯 호위무사가 신속히 신형을 이동했다.

휘익!

획!

호위무사들이 방위를 잡자 제갈단영이 깃발 네 개를 동시에 던졌다.

第九十一章
초인(超人)

깃발이 바닥에 꽂히는 순간 주변 정물이 변하며 제갈단영
을 비롯한 홍영과 호위무사들이 사라지고 그곳에 커다란 바
위가 솟아났다.

네 복면인의 눈에 당혹감이 흘렀다.

살인기계로 살아온 그들에게 남은 호위무사 여섯은 한 식
경만 지나면 모조리 베어 넘길 수 있었다.

하지만 그것도 보여야 가능한 일이다.

이렇게 모습이 사라진 이상 어떻게 될지 알 수 없었다.

"하아!"

복면인 하나가 고함과 함께 가장 가까이에서 솟아오른 바

위를 향해 검을 휘둘렀다.

까앙—

조금 전까지 분명 허공이었던 곳에서 정말 바위를 두드린 듯한 충격파가 전해졌다.

쉬익—

바위 뒤에서 파공음이 들렸다.

"헛!"

갑자기 허공에서 뻗어 나온 검 한 자루에 복면인이 경호성을 지르며 뒤로 튕겨났다.

그러나 어느새 그의 목에는 가느다란 혈선 하나가 그어졌다.

파아앗—

경동맥이 잘려진 복면인의 몸에서 피보라가 솟구쳤다.

상대가 보이지도 않는 상태에서 함부로 검을 휘두르다가 당한 어이없는 상황이었다.

동료 하나가 어이없이 당하자 당황한 복면인들이 자연 장년의 사내를 쳐다보았다.

"재미있군!"

장년 사내가 입술을 비틀었다.

동시에 그의 신형이 허공으로 솟구쳤다.

파아앙!

폭음과 함께 사내의 검에서 시퍼런 광채가 쏟아졌다.

광채는 세 개의 바위가 아닌, 각 바위 사이의 공간을 향해 쏟아졌다.

파파팡!

광채에 가격당한 계곡 바닥에서 돌 파편들이 튀어 올랐다.

뒤이어,

스스스—

공간이 허물거리며 세 개의 바위가 사라졌다. 그리고 호위들과 함께 창백한 표정을 한 제갈단영의 모습이 드러났다.

주르르—

제갈단영의 입가에서 선혈 한 가닥이 흘러내렸다.

장년 사내가 터뜨린 검기의 압력에 내상을 입은 모양이었다.

비틀!

제갈단영이 쓰러질듯 상체를 흔들었다.

"아가씨!"

홍영이 고함을 지르며 제갈단영을 부축했다.

"후후후!"

장년 사내가 잔인한 웃음을 흘렸다.

"진법은 결국 환영의 소산물일 뿐. 막강한 힘 앞에선 무용지물이지."

장년 사내가 스산하게 말했다.

"그걸로 다 끝난 건 아니에요."

입가에 흐른 피를 닦은 제갈단영이 차갑게 말했다.

"잔재주가 얼마나 더 있는가 볼까?"

장년 사내가 손을 들어올렸다.

그와 동시에 남은 세 명의 복면인이 바람처럼 쇄도해 들었다.

"풍마진(風麻陣)!"

제갈단영이 소리를 질렀다. 그러자 여섯 명의 호위가 신속히 몸을 날리며 검진을 펼쳤다.

깡!

까강!

쇳소리가 난무하며 육 대 삼의 대결이 치열하게 벌어졌다.

그러나 세 명의 복면인은 검진의 고리를 하나씩 끊어가며 서서히 승기를 잡기 시작했다.

"유성천라진(流星天羅陣)!"

제갈단영의 입에서 다시 한줄기 외침이 터졌다.

휘익!

휙!

수세로 몰리던 호위들이 신속히 몸을 빼내며 좀 전과는 전혀 다른 검진을 만들어 세 복면인을 공격하기 시작했다.

승기를 잡아가던 복면인들의 눈에서 광폭한 살기가 뻗어나왔다.

다 잡은 사냥감을 거듭 놓치며 분노가 들끓어 오른 것이다.

파앗—

복면인 한 명의 어깨에서 선혈이 튀었다.

평정심을 잃고 분노한 상태에서 파탄이 드러나고 그곳으로 호위무사 한 명의 검이 할퀴고 지나갔다.

"더 이상은 재미없군!"

장년 사내가 짤막하게 외치며 발끝으로 땅을 박찼다.

그의 신형이 빨랫줄이 늘어난 듯 쭈욱 앞으로 뻗어 나왔다.

쉬익—

쉬쉬쉭!

대기를 찢어발기는 날카로운 파공음과 함께 검진을 와해시킨 장년 사내의 검이 두 호위의 가슴을 동시에 베어 나갔다.

"큭!"

"크윽!"

두 명의 호위가 가슴이 쩍 갈라지며 바닥으로 무너졌다.

"아악!"

호위무사들의 가슴에서 터진 선혈이 얼굴을 덮치자 홍영이 파랗게 질린 채 비명을 질렀다.

쉬이익—

다시 장년 사내의 검이 신랄한 궤적을 그리며 호위무사들을 덮쳐가자 또 다른 두 명의 호위무사가 허리와 복부가 갈라지며 바닥으로 무너졌다.

파앗!

팟!

나머지 두 명의 호위무사도 복면 사내들의 검에 바닥으로 나뒹굴었다.

"아, 아가씨!"

홍영이 사시나무처럼 떨며 제갈단영의 팔에 매달렸다.

위급한 상황에 빠지면 자신의 목숨을 초개와 같이 내던져 제갈단영을 구하겠다고 평소 다짐했지만 열 명의 호위무사가 처참한 모습으로 바닥에 나뒹구는 장면을 보고는 반쯤 넋이 나가 덜덜 떨기만 했다.

"약한 모습 보이지 말고 침착해!"

제갈단영이 단호한 목소리로 홍영을 단속했지만 홍영은 더욱 세차게 몸을 떨었다.

"이제 다른 잔재주가 없다면 그만 우릴 따라가는 게 어떤가?"

장년 사내가 비릿한 미소와 함께 말했다.

"어림없는 소리군요."

제갈단영이 차갑게 대꾸했다.

"잔재주가 더 남아 있다?"

장년 사내가 호기심 어린 눈초리로 제갈단영을 쳐다보았다.

"이런 상황은 항상 예측하며 살았죠. 당신들을 따라가느니

이 자리에서 자진하겠어요."

제갈단영은 혀 아래에 숨겨둔 독단 하나를 아래위 어금니 사이에 올렸다.

그것을 삼키든지, 강하게 깨물면 독이 퍼져 그 자리에서 즉사할 것이다.

"어디 그렇게 해보시지!"

휘익!

한소리 외침과 함께 장년 사내가 신속히 몸을 움직여 제갈단영 옆에 선 홍영을 채어갔다.

"아악!"

홍영의 비명 소리에 독단을 깨물려던 제갈단영이 눈을 크게 떴다.

어느새 장년 사내의 손이 홍영의 손가락 하나를 부러뜨리고 있었다.

"아아악!"

손가락이 비정상적인 방향으로 완전히 꺾인 홍영이 계곡이 떠나가라 비명을 질렀다.

"호, 홍영아!"

제갈단영이 고함을 질렀지만 홍영은 듣지도 못한 듯 고통에 찬 비명만 질렀다.

"소저가 자진을 한다면 나는 소저 시비의 손가락을 한 개씩 모조리 부러뜨릴 것이오. 그런 다음 칼로 하나씩 잘라낼 것이오. 또 그런 다음 잘린 상처를 불로 지질 것이오. 그것으로 끝난 것이 아니지. 발가락에도 똑같은 고문을 할 것이오. 그 다음으로는 불에 달군 바늘로 시비의 눈을 반복해서 찌를……."

"그만!"

제갈단영이 더 듣지 못하고 고함을 질렀다.

저 살인마는 자신이 자진하며 모든 상황이 끝났다 하더라도 분명 그렇게 할 것이다.

그건 임무 실패에 따른 분함 때문도 아니고 부하들 앞에서 과시를 하기 위한 때문도 아니다.

저자는 그런 식의 행위에 다음 임무를 성공시키기 위한 의식을 행하는 것 같은 의미를 부여하는 인간이었다.

그것이 분명하게 느껴졌다.

"다시 한 개!"

장년 사내가 홍영의 손가락 하나를 더 꺾었고 홍영이 목이 터질 듯 비명을 질렀다.

"홍영아!"

죽는 것은 쉽지만 다른 사람들을 생각 않는 무책임한 죽음은 받아들일 수 없는 그녀였다.

제갈단영의 두 눈에서 체념의 눈물이 흘렀다.

툭!

제갈단영은 입안에 있던 독단을 뱉어냈다.

“후후! 역시 명문가의 후손다운 결정이오.”

장년 사내가 지풍을 쏘아 독단을 날려 버렸다.

“시비는 죽이고 보석은 챙겨라!”

홍영을 부하에게 넘겨준 장년 사내가 단호하게 지시를 내렸다.

“아, 아가씨!”

홍영이 지독한 고통 속에서도 죽음을 의식하며 비명을 질렀다.

“홍영아!”

제갈단영의 고함 소리를 무시한 채 흑의 복면인 하나의 검이 홍영의 목으로 향했다.

그 순간!

피잉!

미세한 파공음과 함께 복면 사내를 향해 무언가가 쾌속하게 날아왔다.

“헛!”

복면 사내가 단말마의 경호성을 지르며 팔을 들어올렸다.

몸을 날려 피할 수조차 없는 빠르기였던 것이다.

“으윽!”

억눌린 비명을 토하며 팔뚝을 쳐다보던 복면 사내가 두 눈을 부릅떴다.

신형을 옮겨 피하지도 못할 정도로 쾌속하게 날아온 암기는 두 개의 송침이었다.

송침!

말이 침이지 그냥 솔잎이었다.

그것이 침처럼 깊숙이 팔뚝에 박혀 팔의 신경을 모조리 마비시키고 있었다.

"참으로 악독한 자들이로군."

한줄기 목소리가 급격히 가까워졌다.

그리고 한 인영이 솟아나듯 바위 위에 나타났다.

목소리가 멀리서부터 급격히 가까워지는 것을 듣지 못했다면 처음부터 그 자리에 있었다고 착각할 만큼 가공할 경공술이었다.

제갈단영은 현실감을 상실한 상태에서 인영을 향해 시선을 모았다.

사십대 후반쯤으로 보이는 청수한 중년인이었다.

색이 바래 허름하지만 단정한 백의 장삼을 걸쳤고 등에는 작은 봇짐을 메고 있었다. 그리고 손에는 물푸레나무 지팡이를 쥐고 있었다.

그 어디에도 무인의 흔적은 보이지 않았다.

그런데 얼마나 먼 거리일지도 모르는 곳에서 소나무 잎 두 개를 날려 흑의 복면인의 팔뚝 깊숙이 꽂아 넣고는 그 자리에서 솟아나듯 나타났다.

그런 정도라면 전 중원을 다 뒤져도 몇 되지 않을 실력의 고수일 것이다.

제갈단영은 여전히 현실감이 느껴지지 않았다.

"어떤 고인이시오?"

장년 사내가 처음으로 긴장한 표정을 하며 백의 중년인을 향해 질문을 던졌다.

"인두겁을 쓰고 어찌 이리 잔인할 수가 있단 말인가?"

백의 중년인은 주변에 널브러진 시신들과 손가락이 두 개나 꺾인 채 사시나무처럼 떨고 있는 홍영을 쳐다본 후 나직하게 말했다.

감정이 스며 있을 법도 하지만 철저히 그것을 통제한 노 도사 같은 말투였다. 그러나 도관도 쓰지 않았고 복색 역시 도복이 아닌 평범한 장삼이었다.

"누구냐고 물었소!"

장년 사내가 목소리를 높였다.

"내가 누구인 것이 무엇이 그리 중요한가?"

백의 중년인이 여전히 담담한 목소리로 말했다.

"중요한 일이지. 죽여 줄 수도 있고 살려 줄 수도 있으니."

장년 사내가 스산하게 대꾸했다.

"그보다는 그 처자의 손가락부터 살펴봐야겠네."

백의 중년인이 홍영을 향해 다가갔다.

"어딜!"

흑의 복면인 하나가 고함과 함께 검을 휘둘렀다.

파앗—

흑의 복면인의 검이 반도 휘둘러지기 전에 물푸레나무 지팡이가 복면인의 겨드랑이 한 곳을 찔렀다.

쿵!

검을 휘두르던 복면인이 입을 딱 벌린 채 통나무처럼 뒤로 넘어갔다.

'선인지로(仙人指路)!'

장년 사내가 속으로 경악성을 터뜨렸다.

선인지로는 손가락으로 길을 가르치듯 단순하게 검을 앞으로 쭉 뻗어내는, 삼척동자라도 펼칠 수 있는 삼재검법의 한 초식이었다.

백의 중년인은 지팡이로 그 초식을 펼쳐 복면인의 혈 한곳을 제압해 쓰러뜨린 것이다.

"쯧쯧!"

장난처럼 흑의 복면인 하나를 쓰러뜨리고 홍영의 손을 잡은 백의 중년인이 혀를 찼다. 그리고는 홍영의 손목 혈 두 곳을 신속히 점한 후 손가락을 비틀어 원 상태로 끼워 맞췄다.

보통의 경우라면 부러질 때와 마찬가지로 극심한 고통을 느끼며 비명을 질러야 하겠지만 홍영은 아무런 고통도 느끼지 못하는지 망연한 표정으로 자신의 손을 내려다보고 있었다.

"집으로 돌아가거든 부목을 대고 붕대를 감거라."

백의 중년인은 친딸을 대하듯 인자하게 말했다.

"정말, 정말 고맙습니다, 대인!"

홍영이 비로소 정신을 차리고 인사를 차렸다. 그러나 여전히 그녀의 몸은 심하게 떨리고 있었다.

"이걸 삼키거라. 그렇지 않으면 평생 심장이 두근거리는 병에서 헤어나지 못할 것이다."

백의 중년인은 품에서 작은 환단 하나를 꺼내 홍영의 입에 넣어주었다.

홍영이 얼결에 입을 벌려 환단을 받아 삼키자 백의 중년인은 홍영의 가슴 혈 몇 곳을 두드렸다.

비로소 홍영의 창백한 얼굴에 피가 돌아오기 시작했다.

그때까지 장년의 사내는 아무런 행동도 하지 못하고 두 사람을 쳐다보고만 있었다.

장년 사내와 그 부하들을 전혀 의식하지 않는 너무나 자연스런 백의 중년인의 행동이었지만 감히 경거망동할 수 없는 무언가가 있었다.

장년 사내는 전신의 내력을 모두 끌어올렸다. 그를 따라 두 명의 부하도 공력을 최대한으로 끌어올렸다.

단 한 푼의 내력도 남김없이 터뜨리며 세 명이 한꺼번에 달려든다 해도 벅찬 상대라는 생각이 절로 들었기 때문이다.

파앗!

제일 먼저 뒤쪽의 복면인이 몸을 날렸다.

동시에 장년 사내와 다른 복면인 하나도 백의 중년인의 좌
우 양쪽에서 쇄도해 들었다.

쉬이익!

무심한 듯 서 있던 백의 중년인이 다시 선인지로의 초식을
펼치듯 지팡이를 앞으로 뻗었다.

우우웅—

지팡이 끝에서 무거운 진동음이 일었다.

순간 세상이 온통 물푸레나무 지팡이로 가득 차는 느낌과
함께 달려들던 세 사내가 미친 듯이 검을 휘둘렀다.

따다다다당!

철판에 우박이 떨어지는 듯한 음향이 계곡을 울렸다.

세 사내는 달려들 때와 마찬가지로 세차게 뒤로 물러났다.

“이럴 수가⋯⋯.”

장년 사내가 경악 어린 신음을 토했다.

단순한 단 한 번의 지팡이질에 자신들의 모든 검로가 막혔
고 그것도 모자라 수십 개의 지팡이가 전신을 향해 쇄도해 든
것이다. 만약 지팡이가 아니고 검이었다면 폭우처럼 쏟아진
검기에 크나큰 상처를 입었을 것이다.

“으으—”

두 복면인도 신음을 흘렸다.

장년 사내에 비해 무공이 낮은 그들은 폭우처럼 쏟아지는
지팡이 그림자에 대항하다 심맥을 상한 것이다.

도저히 상대가 아니라고 생각한 장년 사내가 천천히 뒷걸음질을 쳤다.

제갈단영을 납치하는 것은 고사하고 자신들이 이 자리에서 제압당해 인질이라도 된다면 조직의 비밀이 새어 나갈 수도 있었다.

"철수한다!"

냉정하게 상황판단을 한 장년 사내가 신속히 고함을 질렀다.

고함 소리와 함께 세 사내가 동시에 바닥을 박찼다.

그때 백의 중년인이 물푸레나무 지팡이를 들어 올려 허공을 향해 원을 그렸다.

"잔인한 손속에 대한 대가는 치루고 가라!"

촤아악!

허공에 지팡이의 잔영들이 가득 찼다.

그 잔영에 걸린 세 사내가 우박에 맞은 참새처럼 바닥으로 떨어져 내렸다.

떨어져 내린 사내들을 향해 물푸레나무 지팡이가 곧장 찔러 들어갔다.

파파팍―

세 사내의 단전에서 파육음이 터졌다.

동시에 세 사내가 억눌린 신음과 함께 입으로 한줄기 선혈을 토했다.

“크으윽!”

장년 사내가 이를 악문 채 비명을 질렀다.

단전이 파괴되고 순식간에 공력이 모조리 빠져나가며 허깨비가 된 기분이었다.

그의 부하들인 복면인들도 똑같은 상황이 되어 망연한 눈으로 서로를 쳐다보았다.

너무 쉽고 허무하게 단전이 파괴되며 몸속에는 단 한 점의 공력도 남아 있지 않았다.

이제 그들은 무인으로서는 생명이 끝나고 폐인이나 마찬가지인 생을 살아야 한다.

“앞으로는 참회하며 새로운 삶을 살도록 하라!”

백의 중년인이 세 사람을 향해 엄한 목소리로 말했다.

“개소리!”

장년 사내가 입술을 씹으며 고함을 질렀다.

그리고 어느 순간 그의 입에서 검붉은 피가 흘러나왔다.

그를 따라 두 복면인의 입에서도 시커멓게 죽은피가 쏟아졌다.

세 사람은 거의 동시에 독단을 깨물고 자결을 한 것이다.

단전이 파괴되고 무인으로서의 삶이 끝난 것은 그들에게 있어 죽음보다 더한 고통이었다. 그런 상태로 도주를 해도 금방 잡힐 것이고 조직으로 돌아간다 해도 살아남을 수가 없다.

“악독한 지고… 쯧쯧!”

급히 달려가 세 사내의 혈 몇 군데를 짚던 백의 중년인이
혀를 찼다.

혈을 점하기도 전에 그들의 생명은 꺼져 있었다. 그만큼 그
들이 삼킨 독단은 맹독이었다.

백의 중년인은 잠시 허망한 눈으로 그들을 쳐다보다가 등
을 돌렸다.

"구명지은에 감사드립니다."

백의 중년인을 향해 제갈단영이 인사를 올렸다.

"괜찮으신가?"

백의 중년인이 씁쓸한 표정으로 제갈단영을 쳐다보았다.

악독하기 짝이 없는 인간들이었지만 어쨌든 자신 때문에
목숨을 버렸다는 사실이 마음을 착잡하게 한 것이다.

"많이 놀랐지만 괜찮습니다."

제갈단영이 다시 고개를 숙였다.

제정신을 차릴 수도 없을 상황 속에서도 의연함을 잃지 않
는, 명가의 자손다운 모습이었다.

백의 중년인은 잠시 제갈단영의 신색을 살폈다.

혼비백산한 시비 홍영과 달리 제갈단영은 약 처방을 하지
않아도 스스로 극복할 만한 견고함이 느껴졌다.

"뒷일은 다른 사람들에게 부탁하고 어서 이곳에서 벗어나
도록 하세나."

백의 중년인은 자욱한 피비린내에 토악질을 하고 있는 홍

영을 처다보며 말했다.

"저는 제갈가의 여식 제갈단영이라 합니다."

계곡을 벗어나 가까운 주루에서 차를 마시며 마음을 진정시킨 제갈단영이 자신을 소개했다.

"신기제갈의 그 제갈세가 말인가?"

백의 중년인의 눈에 약간의 이채가 떠올랐다.

산속 깊은 곳에서 도만 닦다가 나온 것 같은 모습의 그도 제갈세가의 이름은 들어본 모양이었다.

"과분한 명칭입니다."

제갈단영이 가볍게 고개를 숙였다.

"난 그냥 진우라 불리는 촌부일세. 그런데 제갈세가가 있는 융중현은 먼 곳인데 이곳에는 어떻게?"

자신을 간단하게 소개한 백의 중년인이 궁금증이 이는 눈빛으로 물었다.

"현재 아버님과 함께 무림맹 총단에 머무르고 있습니다."

"그렇군. 제갈세가 사람들이라면 무림맹 총단의 핵심적인 부분을 맡고 있겠지."

백의 중년인이 이해가 간다는 표정과 함께 고개를 끄덕인 후 창밖 저 멀리 보이는 건물을 처다보았다.

"저곳이 정파 무림맹의 총단인가?"

백의 중년인은 무림맹 총단 건물에 시선을 고정시킨 채 물었다.

"그렇습니다. 그런데……."

제갈단영은 말끝을 흐렸다.

백의 중년인이 한참 동안 무림맹 총단 건물을 향해 시선을 고정시키고 있었기 때문이었다.

그 모습은 무림맹 총단에 무언가 은원이 있는 것 같기도 했고 볼일이 있는 것도 같았다.

"혹시 무림맹 총단에 볼일이 있으신지요?"

백의 중년인이 고개를 돌렸을 때 제갈단영은 조심스런 표정으로 물었다.

"볼일이 한 가지 있긴 하다네. 그래서 오던 길이었네."

백의 중년인이 고개를 끄덕였다.

"잘됐군요. 그럼 제가 안내하겠습니다."

제갈단영이 반색을 했다.

생명의 은인을 이곳에서 차 한 잔만 대접하고 헤어질 수 없다고 생각했는데 중년인이 무림맹 총단에 볼일이 있다고 하니 더없이 반가운 것이다. 총단으로 같이 가면 만분의 일이나마 은혜를 갚을 길이 있을 것이다.

"부탁을 하나 해도 되겠나?"

차 한 모금을 마신 중년인이 차분하게 말했다.

"말씀하십시오."

제갈단영이 공손하게 대꾸했다.

"총단으로 같이 가게 되면 단지 내가 잠시 머무를 방 하나
만 내어주고 나에 대해서 비밀로 해주게. 그럴 수 있겠나?"

"방 하나를 내어드리는 것이야 아무것도 아니지만… 비밀
로 하면 대협께 입은 하해와 같은 은혜는 어찌 갚을 수가 있
겠는지요?"

제갈단영이 안타까운 한숨을 내쉬었다.

"그게 무슨 은혜일까. 한 사람 무인으로 그런 잔인무도한
자들을 봤으면 당연히 해야 할 일이지."

백의 중년인은 고개를 저으며 말했다.

"하지만……."

"괘념치 마시게. 제갈세가가 무림에 쌓은 덕이 처자에게로
향했다고 생각하시게."

백의 중년인은 인자한 미소를 지었다.

중년인의 미소를 대하던 제갈단영은 순간적으로 깜짝 놀
라며 머릿속이 하얗게 변하는 것을 느꼈다.

지금껏 경황 중에, 아니, 너무 자연스러워 아무것도 느끼지
못했지만 이 중년인에게서는 아무런 내면을 느낄 수가 없었
다.

마치 한줄기 구름을 대하는 것 같았다.

온 세상에 존재하는 대기는 너무 당연하고 자연스러워 평
소에는 그것이 존재하는지도 느끼지 못하며 숨을 쉰다.

지금 이 중년인의 존재는 그런 느낌이었다.

유한성으로부터는 내면이 너무 견고하여 아무것도 느낄 수 없었다면 이 중년인은 텅 비어 있어 아무것도 느낄 수가 없었다.

어떻게 그것이 가능할까?

내면을 완전히 상실한 실혼인이라면 모르겠지만 이 중년인은 누구보다 더 성숙한 내면을 가진 사람 같았다.

그런데도 아무런 느낌을 받을 수 없었다.

'선인(仙人)인가?'

그렇다면 가능할 것도 같았다.

아직 그런 사람을 만나지 못해 잘 모르겠지만 범인의 경지를 까마득히 뛰어 넘어 초인의 반열에 오른다면 이럴 수 있을지도 모르겠다는 생각이 들었다.

'절대초인……'

속으로 읊조린 제갈단영의 가슴이 가쁘게 뛰고 있었다. 그런 와중에 한 가지 불안감도 엄습했다.

만약 이 중년인이 내심을 숨긴 적이라면?

그리고 오늘의 일이 잘 짜진 각본이라면?

자신이 무림맹은 총단으로 진천뢰 하나를 안고 가는 것과 마찬가지다.

가쁘게 뛰던 가슴이 이번에는 쿵! 하고 내려앉았다.

第九十二章
행동개시

‘흐읍—’

대해처럼 잔잔하고 대하처럼 도도한 호흡이 끝없이 이어
졌다.

긴 호흡을 이끌고 있는 주인공은 유한성이었다.

그동안 정호회 타격대의 수련 등 바쁜 일에 시달리면서도
하루도 거르지 않았던 심공의 수련이었다.

처음에는 마치 모래가 물을 빨아들이듯 아무런 막힘없이
자신의 몸속에 쌓인 기운과 동화되던 현천심공이었다.

그러나 성취가 깊어질수록 오히려 더 난해하고 현묘해지
는 심법이었다.

아무리 피로하고 진기가 고갈되어도 세 번의 일주천만으로 회복되던 것이 하수린과의 대법이 성공하며 내력이 일 갑자 이상 더 증가하자 두 번으로 줄어들었다.

열 번에서 아홉 번, 아홉 번에서 여덟 번…….

그렇게 한 번씩 줄어드는 것은 앞의 과정을 다 합친 것보다 더 힘들었다.

네 번에서 세 번으로 줄어드는 것 역시 마찬가지였다. 그리고 세 번에서 두 번으로 줄어드는 것은 또 몇 배로 어려울 것이라 생각했지만 대법의 성공으로 그 과정은 단번에 훌쩍 뛰어넘었다.

하지만!

십성의 단계인 두 번에서 한 번으로 줄이는 것은 얼마나 어려울지 지금으로서는 감도 잡히지 않았다.

그 과정을 뛰어넘어야 매 호흡의 순간순간이 일주천이고, 호흡과 대기의 흐름이 하나가 되는 대성의 경지를 바라볼 수 있을 것이다.

그 경지면 천인합일이라 부를 수도 있으리라.

'흐으읍!'

유한성은 현천심공의 심법에 모든 의식을 일치시키며 길게 들숨과 날숨을 이끌었다.

벌써 며칠째 두문불출하며 현천심공에 매달리고 있었다.

며칠 전 사진용 남매를 이용하여 주변에서 끈질기게 자신을 감시하던 자의 몸에 추종향을 뿌리고 놈이 외당 당주의 끄나풀이라는 것도 확인했다.

그 후로도 놈은 아주 먼 거리에서 계속해서 자신을 감시하고 있었다.

그 거리는 절대고수의 기감으로도 감지되지 않는 먼 거리였다. 놈은 여전히 극도의 조심성을 내보이고 있었다.

하지만 놈의 몸에 추종향까지 뿌려놓았기에 사진용 남매는 놈의 움직임을 훤히 파악하고 있었다.

최근 유한성이 자신의 처소에서 두문불출하자 놈은 감시를 중단하고 총단 건물을 벗어나 다른 사람들을 만나 무언가 일을 꾸미고 있다고 했다.

그곳 역시 자세히 파악해 놓으라고 했다.

놈은 아무것도 모르겠지만 손바닥 안에서 놀고 있는 것이나 마찬가지다.

놈 정도는 아무런 문제도 아니다.

그냥 지나치다가 검 한 번 뽑았다 넣으면 목이 달아날 것이다.

문제는 외당 당주 백리찬이었다.

그는 거물 중의 거물이었고 아직 얼굴 한 번 본 적이 없다.

며칠 동안 방안에 칩거하며 궁금증을 안겨 주었으니 다른 움직임이 보일 만도 한데 끄나풀을 시켜 감시하는 것 외에 다른 움직임은 전혀 보이지 않았다.

누가 또 다른 끄나풀인지, 동조자가 얼마나 더 있는지는 아
직 확인할 수 없었다. 지금까지는 같은 놈만 계속해서 감시를
하고 있었다.

'스으읍!'

다시 긴 들숨과 날숨을 이끌며 현천심공에 의식을 일치시
켰다.

의식이 심공에 일치될수록 몸은 텅 비어가는 느낌이었다.
하지만 어느 순간부터 더 이상 비워지지 않는 의식이 탁기로
남아 구성을 뛰어넘을 수 없게 했다.

문득 사부님의 말씀이 떠올랐다.

구성을 뛰어넘어 십성에 이르고 대성까지 이루기를 원한
다면 현천검문 문도들의 도움을 받아야 가능하다고 했다.

그 말로 미루어 현천검문의 문도이신 사부 역시 그 단계까
지는 가지 못한 채 사문을 나온 것 같았다. 그래서 직접 가르
침을 줄 수 없는 것이리라.

정말 혼자 힘으로는 십성에 이를 수 없는 것일까?

유한성은 더욱더 치열하게 현천심공의 심법에 매달렸다.

그동안 수천 번, 수만 번을 거듭해 심공을 읊조리며 운기에
매달렸다.

그것이 거듭될수록 뇌리에 떠오르는 심공의 색감이 무채
색으로 다가오는 것 같았다.

그것이 대기와 같은 완전한 무색이 되면 궁극에 이르게 되

는 것일까?

그것이 궁극의 경지라면 얼마나 더 매진해야 가능한 것일까?

여전히 만장의 벽에 가로막힌 기분이었다.

유한성은 긴 날숨과 함께 운기행공을 마무리했다.

밖에서 인기척이 들린 것이다.

미세한 소음마저 죽인 채 은밀하게 접근하고 있는 인영들은 고도의 은신술을 펼친 사진용 남매였다.

"사형!"

방문 앞에 멈춰 선 사진용이 인기척을 냈다.

"들어와!"

유한성의 대답에 두 사람이 연기처럼 솟아났다.

"어떻게 됐지?"

유한성은 용건부터 물었다.

"차부터 한 잔 주세요. 목말라 죽겠어요."

사진혜가 투정을 부렸다.

"미안해."

유한성은 사진혜와 사진용에게 차를 따라주었다.

"놈의 움직임은?"

두 사람이 차를 한 모금 마시자 유한성이 다시 물었다.

"사형의 예상대로 놈은 감시를 중단했습니다."

사진용이 빙긋 웃으며 말했다.

“대신 놈은 총단 바깥으로 나가 누군가를 만났습니다.”

이번에는 사진혜가 말했다.

“그들에 대해서는?”

유한성이 물었다.

“최근에 생긴 가게를 운영하고 있었지만 그곳 주인과 점원은 절대로 상점 주인이나 할 놈들이 아니었습니다. 아마도 놈들의 중간 거점이나 연락책인 듯합니다.”

사진용이 확언하듯 말했다.

“혹시 너희가 역추적한다는 낌새를 느낀 것은 아니겠지?”

유한성이 물었다.

“오라버닌 우릴 너무 과소평가하는 것 같아요. 놈의 뒤를 바짝 따른 것이 아니라 다른 시간대에 추종향을 따라 움직였으니 그놈에게 우린 완전히 다른 세상 사람들이나 마찬가지예요.”

사진혜가 다시 투정어린 목소리로 말했다.

“상대가 상대니만큼 조심하라는 얘기다.”

유한성이 부드러운 음성으로 사진혜를 달랬다.

“걱정 마세요. 한 번 당한 것으로도 충분해요.”

사진혜는 생사혈검 오필만에게 호되게 당한 것을 곱씹으며 말했다.

“그럼 이젠 슬슬 움직일 때가 됐군.”

유한성이 천천히 일어섰다.

"숨 쉴 틈도 없네요."

남은 차를 얼른 마신 사진용 남매도 유한성을 따라 몸을 일
으켰다.

*     *     *

처소에서 나온 유한성은 무림맹 총단에 들어온 후 처음으
로 총단 건물을 완전히 벗어나 저잣거리를 거닐었다.

저잣거리에는 온갖 부류의 사람들이 모여 발 디딜 틈도 없
을 정도로 복잡했다.

거리 한쪽 공간에 좌판을 깔거나, 거리에 맞닿은 집을 개조
해 점포를 꾸민 장사꾼들이 물건을 잔뜩 진열해 놓았고, 그
물건들을 사거나 구경하기 위한 사람들이 뒤섞여 북새통을
이루고 있었다.

유한성은 그 사람들 사이로 유유히 걸었다.

주변을 이리저리 구경하며 느릿느릿 걷는 그의 모습은 저
잣거리에 무언가를 사러 나온 사람 그 이상도 이하도 아니었
다. 그러나 그의 신경은 십 장 정도 뒤쪽의 한 인영에게서 한
시도 떨어지지 않고 있었다.

이제껏 먼 거리에서 자신을 감시하던 놈이 아니었다.

사진용의 말대로 놈은 며칠 동안 두문불출하는 자신에게
지쳤는지 이틀 전부터 나타나지 않았다. 그러나 자신이 처소

를 나서 총단 건물을 벗어난 후 얼마 되지 않아 미행자가 따라붙었다.

갑작스런 행보에 연락을 받고 급히 다른 놈을 따라 붙인 모양이었다.

예전에 비해 오히려 더 강한 놈이었다.

예전의 놈은 조심성이 유별나게 강한 족제비 같은 형이었다면 지금 십 장 뒤에서 자신을 따르고 있는 놈은 은신술에 특화된 무공을 익힌 자였다.

그런 면에 있어서 놈은 사진용이나 사진혜보다 고수였다.

사진용 남매가 은영각에서 익힌, 사술을 이용하는 은신술을 펼치는 반면 놈은 오로지 자신의 내력을 이용해 공간을 흩어 버리며 몸을 숨긴다. 아니, 더 정확히 말한다면 공간에 가득 찬 대기의 흐름을 비정상적인 방식으로 찌그러뜨리며 그 순간을 이용해서 몸을 숨긴다. 와중에 자신의 기색 역시 최대한의 죽여 웬만한 고수가 아니라면 기감에도 잡히지 않는 은신술을 펼치고 있다.

그건 훨씬 더 고강한 은신술이다.

유한성의 또 다른 눈에도 놈의 기색은 다른 사람들에 비해 훨씬 옅은 색감으로 느껴졌다.

하지만 놈의 호흡은 누구보다 짙었고 붉은 색감이 감돌았다. 그래서 오히려 더 확연히 감지가 되었다.

우선은 저놈부터!

결심을 굳힌 유한성은 빠르게 골목 모퉁이를 돌았다.


쉬이익—

펑!

검광이 일고 검첨이 가리키는 곳에서 폭음이 터졌다.

"헛!"

폭음에 이어 단말마의 경호성이 터져 나왔다.

벽 속에 은신해 있던 그림자였다.

은신이 깨어지자 그림자는 급속하게 사람의 모습으로 돌아왔다.

회색 경장에 같은 회색 복면의 인영이었다.

복면 속의 눈에서 경악의 빛이 흘러나왔다.

은신술을 익힌 이후 이렇게 완벽하게 정체가 파악된 적은 없었다. 놈은 예상보다 훨씬 더 무서운 자라고 했던 백리찬의 말이 떠올랐다. 백리찬의 그 경고 역시 한참 모자랐다.

쉬이익—

복면 사내 환유는 쾌속하게 검을 휘둘렀다.

은신이 깨어진 이상 다른 방식으로 상대를 해야 했다.

검이 허공을 갈랐다.

상대를 베지는 못했지만 상대가 자신의 검을 피하는 짧은 순간 틈이 생겼다. 그 틈으로 대기를 흩뜨리며 신형을 집어넣었다.

“그건 나도 좀 하지.”

환유가 스며들려는 공간에서 목소리가 들려왔다.

그림자가 생기며 그곳에서 한 청년이 나타났다. 그의 손에서 뿌려진 은분이 환유가 흩트린 대기를 더 찌그러뜨렸다.

과유불급!

필요 이상 찌그러진 대기는 은신을 오히려 드러나게 만든다.

환유는 이를 악물었다.

놈 역시 은신술의 전문가였다.

자신에 비해서는 한 수 아래였지만 지금처럼 급박한 순간에는 작은 돌부리라도 걸려 넘어질 수 있었다.

환유는 다른 퇴로를 찾았다.

그러나 그곳에서도 여인이 솟아나며 퇴로를 차단했다. 그녀의 손에도 은분이 들려 있었다.

이제 믿을 것은 검밖에 없었다.

“하앗!”

환유의 검이 어지러운 궤적을 그리며 춤을 추었다.

은신술 못지않은 검술이었다. 그러나 상대의 검은 훨씬 더 악마적이었다.

은신이나 보법, 검술, 그 어느 것으로도 막기 불가능한 마검이었다.

푸욱!

아랫배 한곳으로 검이 박혀들었다.

검이 박힌 깊이로 보아 즉사는 않겠지만 그에 버금가는 치명적인 상처를 입었다. 그리고 단전이 완전히 파괴되었다.

이제 무인으로서의 생명은 끝이다.

"크으윽! 어떻게……?"

환유는 쥐어짜듯 말했다.

대체 어떻게 이렇게 자신을 정확히 간파했을까? 그건 백리찬도 힘들었다.

무너지는 순간에도 그것이 궁금했다.

"훤히 보이니까!"

유한성이 짤막하게 답했다.

"개소리!"

환유는 욕설 한 마디를 내뱉고는 그대로 쓰러졌다.

"나중에 필요할지 모르니 놈을 적당한 곳에 숨겨두고 따라와."

유한성이 사진용에게 말했다.

"알겠습니다, 사형!"

사진용이 고개를 끄덕였다.

"그런데……."

사진혜가 눈을 동그랗게 뜬 채 유한성을 쳐다보았다.

"대체 어떻게 이자가 숨은 곳을 알아냈나요?"

사진혜는 혼란스런 표정을 감추지 못하고 물었다.

자신들보다 한참은 더 고강한 은신술을 펼치는 자였다. 그래서 자신들은 도저히 알아차릴 수가 없었다.

헌데 유한성은 놈의 은신을 정확히 간파하고 그곳으로 검을 찔러 넣었다. 그리고 그곳에서 놈이 튀어 나왔다.

"수련을 좀 더 열심히 하면 느껴져."

유한성은 원론적인 설명으로 답했다.

"묻지를 말아야지."

사진혜가 고개를 저으며 사진용과 함께 환유를 끌고 골목 길을 돌아 사라졌다.

우웅―

유한성은 적운검에 내력을 불어넣은 후 바닥을 향해 흔들었다.

바닥에 흐른 환유의 피가 검첨에서 흘러나온 기운에 태워지며 깨끗이 사라졌다.

싸움의 흔적을 지운 유한성은 천천히 왔던 길을 되돌아 걸음을 옮겼다.


"어서 오십시오."

노리개 상점의 점원이 공손하게 유한성을 맞았다.

유한성은 묵묵히 노리개들을 쳐다보았다.

"어떤 걸 찾으시는지?"

점원이 조심스럽게 물었다.

유한성의 몸에서 자연스럽게 피어나는 기운에 눌린 모양이었다.

"여동생에게 줄 노리개를 찾는데……."

유한성은 자신은 어떤 게 좋을지 잘 모르겠다는 투로 입맛을 다셨다.

"물건을 모르면 값을 많이 주라는 말이 있지요. 여동생이 예쁜가요?"

점원이 살갑게 다가왔다.

"그렇소."

유한성이 고개를 끄덕였다.

"그럼 보통 물건으로 성이 차지 않을 것입니다. 이왕 선물하는 거, 상품으로 골라 주십시오."

점원이 유한성을 조금 안쪽으로 안내했다.

그곳에는 바깥쪽보다 훨씬 고급스런 노리개들이 진열되어 있었다.

유한성은 그것들을 쳐다보다가 고개를 저었다.

"좀 더 고급스런 것은 없소?"

"아이쿠! 역시 품위가 있어 보인다 싶더니… 제가 안내를 잘못했군요. 이것보다 더 고급은 더 안쪽에……."

점원이 호들갑을 떨며 더 안쪽으로 안내했다.

유한성은 그곳에 진열된 노리개를 보고도 신통찮은 표정과 함께 고개를 저었다.

“그럼 어떤 것으로⋯⋯?”

점원이 침을 삼키며 말했다.

“주인장을 불러주시오. 주인장과 직접 얘기를 해보아야겠소.”

“주인 어르신은 왜?”

점원의 표정이 조금 굳어졌다.

“불러나 주시오. 이런 허접한 것은 싫으니까.”

유한성이 조금 단호하게 말했다.

“주인 어르신은 지금 출타 중입니다. 저에게 말해도 됩니다.”

점원이 약간은 딱딱한 음성으로 말했다.

“외당 당주에게 간 것이오?”

유한성은 불쑥 물으며 점원의 표정을 살폈다.

점원의 표정이 핼쑥하게 변했다.

“맞군!”

유한성이 짤막한 말과 함께 점원의 가슴을 쳐 나갔다.

“헛!”

점원이 경호성과 함께 상체를 비틀었다.

사진용의 말대로 결코 노리개 점포의 점원이나 할 인물이 아니었다.

파앗―

유한성의 주먹을 흘린 점원이 어느새 소도를 뽑아 유한성의 목덜미를 노리고 들었다.

그러나 유한성의 적운검이 한발 빨리 점원의 허리를 찔렀
다.

푸욱!

허리에 구멍이 난 점원이 입을 딱 벌리며 바닥으로 무너졌
다.

쉬이익!

점원의 신형이 바닥에 닿기도 전에 주렁주렁 매달린 목걸
이들 뒤에서 파공음이 들렸다.

출타한 주인이란 자의 검격이었다.

우웅!

검첨에 실린 시린 기운이 바위라도 뚫을 듯 극강했다. 이런
정도라면 절정을 바라보는 수준이었다.

팟!

유한성의 신형이 그곳에서 푹 꺼졌다. 대신 그곳에서 강렬
한 검기 한줄기가 검이 튀어 나온 곳을 향해 쏟아졌다.

"헛!"

짧은 경호성이 울리며 튀어 나왔던 검이 더 빠르게 회수되
며 둥글게 회전했다.

촤르르르―

목걸이를 이룬 구슬들이 사방으로 흩어지며 바닥으로 떨
어져 내렸다.

따다다당!

유한성은 허공에 뜬 구슬들을 세차게 때렸다.

구슬들은 소림승이 펼치는 보리탄주의 수법처럼 상점 주인을 향해 쏟아졌다.

파파파팍—

놀란 표정의 상점 주인의 검이 자신에게로 날아오는 구슬들을 피하며 허공으로 몸을 솟구쳤다.

그러나 그곳에서 또 하나의 검이 태산압정의 수법으로 떨어져 내렸다.

미리 은신하고 있던 사진용이었다.

"망할!"

예상치 못한 사태에 상점 주인이 역정을 토하며 신형을 뒤틀었다. 그리고는 검으로 점포의 기둥을 치며 그 반동을 이용해 신형을 이동했다.

아니, 이동하려 했다.

하지만 그의 시도는 헛된 꿈이 되고 말았다.

어느새 유한성의 검이 시퍼런 광채와 함께 상점 주인의 검을 싹둑 자르며 그의 늑골을 두드렸다.

퍼억!

허공에서 중심을 잃은 상점 주인이 입을 딱 벌리며 바닥으로 떨어져 내렸다.

늑골이 왕창 무너지며 숨을 컥 막아오는 통증을 참으며 상점 주인은 반 토막 남은 검을 세차게 휘둘렀다. 실로 초인적인 인내심과 독심이었다.

피피핑—

상점 주인의 검병에서 수십 개의 세침이 쏟아져 나왔다.

"뒤로!"

짤막한 고함과 함께 유한성이 적운검을 휘둘렀다.

유한성의 검에서 시퍼런 검막이 펼쳐지며 세침들을 튕겨 냈다.

휘익!

그 짧은 순간을 이용하여 상점 주인이 상점 창문을 향해 신형을 날렸다.

"여긴 내 구역이다."

창문 근처의 그림자 속에서 앙칼진 목소리가 터져 나오며 사진혜의 검이 상점 주인의 목을 향해 쏘아졌다.

상점 주인이 이를 악물고 우장을 뻗었다.

그러나 한발 앞서 유한성의 검이 그의 단전에 박혀들었다.

"크윽!"

공력이 새어 나가며 순식간에 허깨비처럼 된 상점 주인이 바닥에 처박히며 눈을 까뒤집었다.

"휴우— 대단한 놈인데요. 하마터면 온 상점 사람들 다 모일 뻔했습니다."

사진용이 혀를 차며 말했다.

세 명이 합세를 했는데도 잡는 데 제법 시간이 걸렸다.

물론 사로잡으려 하다 보니 훨씬 어려웠지만 그래도 임기
응변과 함께 검에 실린 기운은 엄청났다.

"바깥의 동정은?"

유한성이 주변을 둘러보며 물었다.

최대한 음파를 차단했지만 워낙 밀집된 곳이었다.

"마침 한가한 시간이라 들어오는 손님이 없었습니다."

사진용이 한숨을 내쉬며 답했다.

"아까 그놈과 함께 가둬둬."

"알겠습니다."

사진용이 답했다.

"좋은 거 많네. 몇 개 가져가야지."

그 와중에도 사진혜는 눈을 반짝반짝 빛내며 고급 노리개
를 살피고 있었다.

노리개 상점에서 나온 유한성은 천천히 걸음을 옮겼다.

더 이상 뒤에서 미행하는 흔적은 느껴지지 않았다.

백리찬에게 비밀리에 움직이는 부하가 얼마나 있는지 알
수 없지만 일단 수족 몇 개는 완전히 잘라 버렸다.

당분간 백리찬은 갑자기 사라진 부하로 인해 혼란에 빠질
것이다.

그 순간이 빈틈이었다.

어떻게 해야 할지 지금으로서는 떠오르지 않지만 그 틈을 최대한 활용해야 한다. 그래서 그를 끌어내 가면을 벗겨야 한다.

상념과 함께 유한성은 어느새 무림맹 총단의 정문이 보이는 곳까지 왔다.

정문을 향해 곧장 가려던 유한성은 우뚝 걸음을 멈추었다.

제갈단영을 발견했기 때문이다.

그녀는 시비와 함께 한 중년인을 동행하고 있었다.

그녀의 모습에서 심한 위화감이 느껴졌다.

무림맹 총단 안에서만 생활하던 그녀가 밖으로 나왔다는 것도 의아했다. 또 언제나 단아한 모습의 그녀였는데 지금은 무언가 왕창 흐트러진 것 같았다.

시비의 모습은 더했다.

그녀는 흡사 폭풍우에라도 휩쓸렸다 온 사람 같았다.

'대체 무슨 일인가?'

두 여인의 색다른 모습이 중년인에 기인한 것이 아닌가 하는 생각에 유한성은 동행하고 있는 중년인을 살폈다.

유한성은 순간적으로 가슴이 철렁 내려앉는 기분을 느끼며 그 자리에서 얼어붙었다.

살피려 하는 순간 중년인이 자신을 돌아보았다.

그는 절정을 한참 뛰어넘은 고수였다.

유한성은 도둑질을 하다 들킨 사람처럼 멍하니 서 있었다.

잠시 유한성을 쳐다본 중년인은 고개를 한 번 흔든 후 제갈 단영을 따라 안으로 들어갔다.

유한성은 중년인과 제갈단영이 사라진 후에도 한동안 그 자리에 서 있었다.

지극히 짧은 순간이었지만 중년인과의 대면은 그만큼 충격적이었다.

무의식적으로 그의 내부를 읽으려는 순간 그는 돌아보았고 가슴이 철렁 내려앉았다.

사부 한조산에게서도 느끼지 못한 강렬함이었다.

은하표국 후원에서 사부를 처음 대면한 순간 사부 역시 중년인처럼 뒤를 돌아보았지만 그건 호흡을 한참 살핀 후였다. 그러나 중년인은 그럴 기회마저 주지 않았다.

중년인은 사부 이상이었다.

정파무림의 또 다른 고수일까?

제갈단영과 함께하는 것을 보면 그럴 가능성이 컸다.

'흐읍!'

유한성은 길게 심호흡을 했다.

마음을 진정시킨 유한성은 무림맹 총단의 정문을 향해 걸음을 옮겼다.

第九十三章
소동(騷動)

"단주! 들어가도 되오?"

젊은 청년의 목소리가 들려왔다.

"들어오시오."

유한성은 문을 열어주었다.

찾아온 사람은 낭검단과 첫 대면식 때 스스로 훈련을 할 준
비가 되었으면 찾아오라고 두 번째로 지적했던 청년이었다.

첫 번째로 지적했던 청년이 가장 무공이 높았지만 그는 꼬
인 데가 좀 더 많은지 찾아오지 않았다.

"어쩐 일이시오?"

유한성이 담담히 질문했다.

"스스로 훈련할 준비가 되었으면 찾아오라고 하지 않았소."

청년, 복하진이 뚱하게 대꾸했다.

순간 유한성의 눈이 반짝 빛을 토했다.

"준비가 되었소?"

유한성이 원래의 담담한 눈빛으로 돌아오며 물었다.

"뭐… 다들 이젠 좀이 쑤시는지 그거라도 해보자고 하는군요."

복하진은 애써 심드렁한 표정을 지으며 답했다.

"일단 시작하면 죽음을 각오해야 하오. 그래도 하겠소?"

유한성이 재차 물었다.

"뭐, 그래봐야 죽기밖에 더 하겠소."

복하진이 여전히 심드렁하게 대꾸했다.

"좋소. 그럼 지금 당장 시작이오. 일각 후에 모두 외당 연무장으로 모이게 하시오."

유한성이 단호한 목소리로 지시했다.

"내당이 아니고 외당이란 말이오?"

복하진이 눈을 크게 뜨면 쳐다보았다.

낭검단은 내당 소속이기에 훈련을 해도 내당에서 해야 한다. 맹규에 그렇게 명시된 것은 아니지만 외당 소속 무사들과 알게 모르게 자존심 싸움을 하며 그렇게 굳어져왔다. 그런데 유한성이 외당에서 훈련을 하자고 하니 의구심이 솟구친 것이다.

"외당은 무림맹 영역이 아니오?"

유한성이 날카롭게 물었다.

"그런 건 아니지만……."

복하진이 말꼬리를 흐렸다.

"그럼 낭검단은 무림맹 소속 무인들이 아니오?"

"아니긴 왜 아니겠소."

복하진이 입맛을 다시며 답했다.

"그럼 문제 될 것이 없군요. 외당 세 번째 연무장에 모두 집합시키시오. 일각 후에도 집합이 되어 있지 않으면 훈련은 취소요."

유한성이 자르듯 지시를 내렸다.

"알… 겠소."

청년이 무겁게 답하며 방을 나갔다.


"뭐야 저 떨거지들은?"

외당 소속의 청년무사 하나가 눈살을 찌푸리며 목소리를 높였다.

외당의 세 번째 연무장은 다른 연무장에 비해 제일 넓고 시설도 잘 되어 있어 외당 소속 무사들이 훈련을 받을 때 제일 많이 이용하는 곳이다.

오늘도 오후에는 자신들이 훈련을 할 계획이 있어 비질을 깨끗이 해놓았는데 갑자기 누군가 훈련을 받겠다고 도열해 있으니 역정이 솟구쳤다.

“어라! 저놈들은 내당에서도 제일 골통들인 낭검단인데.”

다른 청년 하나가 그들의 정체를 알아본 후 기가 찬 표정을 지었다.

외당과 내당은 모두 무림맹 총단 소속의 조직이었다.

그러나 모든 조직이 그러하듯 내당은 핵심 수뇌부들과 그 자제들, 그리고 그들과 관련된 사람들이 기거하는 곳이고 외당은 각지에서 몰려온 일반 고수들이 기거하는 곳이다.

그러다 보니 같은 무림맹 소속이면서 알게 모르게 알력이 생기고 자존심 대결이 치열했다.

그런 자존심은 외당 무사들에게 심했는데 그건 어쩌면 당연한 것이었다.

외당 소속 청년들은 날 때부터 좋은 가문의 자식으로 태어나 온갖 혜택을 누리며 빠른 시간 안에 고수로 성장한 무림세가 자제들에 대한 자격지심이 생겼고 시간이 지남에 따라 치열한 경쟁심으로 발전했다.

그건 서로의 경쟁심을 높이는 측면에서는 좋은 현상이기도 했지만 서로간에 두꺼운 벽이 생긴다는 면에서는 큰 부작용을 낳기도 했다.

그 부작용이 지금도 드러났다.

“저 병신 쭉정이 놈들이 자기들 마당 놔두고 왜 이곳에서 난리들인가?”

슬슬 모여들기 시작한 청년들 중에서 한 청년이 눈에 쌍심

지를 돋우며 말했다.

"자기들 마당이 좁다고 우리 마당을 빌려 쓴다더군."

옆에 있는 청년이 답했다.

"그동안 밥값도 못하던 것들이 이젠 병신 육갑까지 떠는군."

건장한 청년 하나가 코웃음을 쳤다.

눈썹이 짙고 얼굴에 붉은 기운이 많아 한눈에도 폭급한 성정이 내비쳤다.

그는 장손웅(張遜雄)이라는 이름의 청년으로 제미곤의 고수였다. 그래서인지 그의 손에는 눈썹 높이까지 오는 철곤이 들려 있었다.

"대주! 저것들을 그냥 놔둘 것이오?"

장손웅이 옆쪽을 쳐다보며 말했다. 그곳에는 검을 허리에 찬 날카로운 눈매의 사내가 서 있었다.

외당 청운각(青雲閣) 소속 삼대주 조송해(趙宋解)였다.

"내당 소속이라고 해서 외당 연무장에서 훈련하지 못한다는 법은 없다."

조송해가 침착한 어조로 답했다.

한 부대의 대주답게 그는 부화뇌동하지 않았다.

"아무리 그래도 우리가 사용하려고 청소까지 해놓은 곳이오."

장손웅이 목소리를 높였다.

"먼저 사용하는 사람이 임자지."

조송해는 여전히 차가운 음성으로 답했다.

"대주가 싫다면 내가 가서 쫓아내겠소."

장손웅이 씩씩거리며 앞으로 나섰다.

대주 조송해는 더 이상은 아무 대꾸도 없이 서 있었다.

어쩌면 그는 장손웅이 이런 상황을 만들기를 바랐는지도 몰랐다.


"엇!"

청운각 삼대의 대원들이 이구동성으로 외마디 비명을 질렀다.

낭검단에게로 다가가서 몇 마디 항의를 하는 것 같던 장손웅이 갑자기 푹 쓰러진 것이다.

그는 제미곤을 들어 올리지도 못했다.

지팡이처럼 짚고 누군가에게 말을 하다가 갑자기 고꾸라진 것이다.

"뭐야?"

"무슨 일이야?"

청운각 삼대의 청년들이 우르르 달려갔다.

꼬꾸라진 장손웅은 입에 거품을 문 채 정신을 잃고 있었다.

새우처럼 허리를 접고 거품을 물고 있는 모습은 복부에 강한 충격을 받고 쓰러진 것이 틀림없었다.

"대체 무슨 일이오?"

도끼눈을 한 조송해가 낭검단을 보고 물었다.

낭검단 청년들이 슬며시 그의 시선을 외면했다.

"무슨 일이냐니까?"

조송해가 고함을 쳤다.

"내가 그랬소."

유한성이 앞으로 나섰다.

유한성을 마주한 조송해의 눈이 차갑게 가라앉았다.

최근 낭검단에 단주가 임명되었고 그가 청해성에서 악명을 떨치던 청해마검의 제자라는 것도 알았다.

하지만 절대로 기죽고 싶진 않았다.

"이유는?"

조송해가 낮게 가라앉은 어조로 물었다.

"훈련을 방해해서이오."

유한성도 가라앉은 음성으로 답했다.

"훈련을 방해한 것은 네놈들이다. 여긴 우리 훈련장이고 오후 훈련을 위해 청소까지 해놓았다."

"말이 짧군!"

유한성의 눈이 차가운 빛을 토했다.

나이는 조송해가 훨씬 더 많았지만 자신 역시 단주이니 하대를 받을 이유가 없다는 말이다.

"건방진!"

조송해가 눈에 독기를 품으며 내뱉었다.

유한성의 검이 번쩍 양광을 토했다.

어느새 유한성의 검은 조송해의 목덜미에 닿아 있었다.

"이, 이……."

조송해가 눈을 부릅뜨며 잡아먹을 듯이 유한성을 쳐다보았다. 그러나 그가 잡아먹힐 상황에 처해 있었다.

퍼억—

유한성이 검신으로 조송해의 목을 두드렸다.

조송해가 거품을 내뿜으며 뒤로 넘어갔다.

쿵!

땅이 울리는 소리가 들렸다.

다분히 의도적인 심한 손속이었고 그만큼 크게 넘어간 때문이었다.

"뭐야?"

"어떻게 된 거야?"

청운각 삼대의 대원들이 우르르 몰려왔다.

그들의 눈에 살기가 어렸다.

장손웅에 이어 대주인 조송해까지 쓰러졌으니 이건 실력 차이 이전에 자존심의 밑바닥을 흔드는 일이었다.

챙!

누군가 검을 뽑았다.

뒤이어 다른 청년들도 콧김을 내뿜으며 검을 뽑아 들었다.

혼자라면 좀 더 신중하게, 맹규를 따져보며 행동하겠지만 군중심리에 휩싸인 청년들은 더 이상 보이는 게 없었다.

나중에 집법전에 불려가 치도곤을 당하고 파맹을 당할지라도 지금은 참을 수가 없는 것이다.

"죽여라!"

"밟아 죽여라!"

고함을 지른 청년들이 유한성을 난도질할 듯 달려들었다.

"뭐야?"

"어떻게 된 거야?"

"그건 나중에 따져!"

이번에는 낭검단 청년들이 무기를 뽑아 들고 달려나왔다.

그러나 낭검단 단원들과 청운각 삼대의 대원들이 마주치기도 전에 유한성의 신형이 희끗하게 변하며 청운각 대원들 속으로 스며들었다.

퍼퍼퍼퍽!

연속적인 타격음이 터지며 청운각 대원들이 바닥을 나뒹굴었다.

그건 마치 허창의 정검가에서 하수린을 구하러 가는 길에 따라가겠다고 떼를 쓰던 정호회 타격대 청년들을 쓰러뜨릴 때와 흡사한 장면이었다.

유한성의 폭주에 낭검단 단원들은 청운각 삼대 대원들과 맞닥뜨리지도 못하고 멍하니 바라보기만 했다.

"죽여!"

“베어 버려!”

청운각 삼대의 대원들이 악에 받친 고함을 질렀다.

상대는 단주였지만 더 이상 보이는 것이 없었다.

이젠 집법전에 잡혀가서 목이 달아난다고 해도 상관없었다. 건방진 저놈에게 한 칼이라도 먹인다면 더 바랄 것이 없었다.

째째쨍!

검이 부딪치며 날카로운 쇳소리가 울렸다.

뒤이어 싹둑 잘린 검 조각들이 허공으로 튀어 올랐다가 바닥으로 떨어졌다.

“죽여!”

“찔러!”

상대가 안 된다는 것을 알았지만 더 이상은 문제가 아니었다.

한 칼!

한 칼이면 족했다.

한 칼만 먹인다면 죽어도 좋다는 식으로 달려들었다.

그들은 이미 고삐 풀린 망아지를 넘어 수많은 화살이 몸에 박히는 것을 느끼면서도 달려드는 멧돼지 같았다.


“저 미친놈!”

낭검단에서 제일의 고수인 백한도는 악을 쓰듯 고함을 질렀다.

제일 마지막까지 냉정을 지켜야 할 단주란 작자가 제일 먼저 뛰어들어 천둥벌거숭이처럼 날뛰는 모습에 입이 딱 벌어졌다.

정주철협이니 무정철협이니 뭐니 하는 별호는 가짜였단 말인가?

저건 철협이 아니라 미친개였다.

하지만 그 미친개를 지켜만 볼 수 없는 처지라는 것이 환장할 일이었다.

"와아!"

"죽여라!"

이미 낭검단 청년 몇 명은 전권으로 뛰어들었고 나머지도 고함을 지르며 달려가고 있었다.

"뭐해!"

복하진이 검을 빼 들고 고함을 질렀다.

"너도 같이 미쳐 가냐?"

백한도가 차갑게 내뱉었다.

"일단은 저 미친 인간부터 구해내고 따지자고!"

복하진도 전권으로 달려들었다.

"젠장!"

백한도도 검을 뽑아 들고 땅을 박찼다.

폭주(暴注)
第九十四章

쾅!

집법전주 태정목(台正睦)은 부서질 듯 주먹으로 탁자를 내려쳤다.

유사 이래 이런 어이없는 소란은 처음이었다.

무림맹 총단에서 내당과 외당의 청년들이 알력으로 인해 충돌을 일으키다니?

그 충돌이 어느 정도라면 이해가 갔다.

혈기 왕성한 청년들이 모인 곳이면 으레 있는 일이었고 나중에 서로가 화해를 하면 정상참작이 되어 넘어가기도 했다.

그런데 이번 소란은 사망자는 없어도 부상자가 삼백 명이

넘었고 외당 소속 다른 대주 다섯 명도 갈비뼈가 몇 개나 부러진 채 드러누웠다.

더 심한 것은 풍운각의 부각주 한 명도 때려눕혔다는 것이다.

흑도와 한바탕 전쟁을 벌여도 이 정도는 아닐 것이다.

그 소란의 중심에는 낭검단주 유한성이 있었다.

그는 미친 황소처럼 외당 곳곳을 누비며 청년들을 때려눕혔고 결국 다른 각에서 나온 대원들과 대주 다섯 명은 물론 청운각 부각주까지 자리보전을 하게 만들었다.

부각주라면 조직의 수뇌부에 속한다. 그런데 일개 단주가 때려눕히다니?

그런 일은 일어날 수도 일어나서도 안 되는 일이었다.

다시금 청해마검이라는 별호가 얼마나 살벌한 것인지 느껴지는 순간이었지만 문제는 이것이 하극상 중에서도 초특급 하극상이라는 데에 있었다.

초유의 사태에 무림맹 총단 전체가 발칵 뒤집혔고 맹주를 제외한 수뇌부 전원이 집법전에 모였다. 또한 모든 연루자도 잡혀와 대전을 가득 메운 상태에서 집법전주 주체로 징벌 회의가 열렸다.

"이건 도무지… 기가 막혀 말이 안 나오는군."

태정목이 오라를 받고 제일 앞에 서 있는 유한성을 보며 말했다.

다른 사람들도 같은 심정인지 집중적으로 유한성을 쳐다
보았다.

그들의 뇌리에 제일 먼저 떠오른 생각은 어떻게 단주 한 명
이 백 명도 넘는 외당 소속 대원들과 부각주 한 명까지 쓰러
뜨릴 수가 있을까 하는 것이었다.

그 다음으로는 미치지 않고서야 어떻게 저런 일을 저지를
수 있을까 였다.

"대체 네놈은 무슨 생각으로 이런 일을 벌인 것이냐?"

모든 수뇌부의 생각을 대변하듯 집법전주 태정목이 유한
성을 향해 고함을 질렀다.

"들을 필요도 없소. 전시에 있어 하극상은 어떤 이유를 막
론하고 목을 치는 것이 정해진 맹규이오."

내당 당주 곽상옥(郭常玉)이 추상같은 표정으로 말했다.

낭검단이 내당 소속이니 그들의 난동은 자신에게도 큰 책
임이 전가될 것이다. 그러기 전에 최대한 빨리 주동자를 처단
하여 여파를 잠재워야 한다.

모두들 아무런 대꾸 없이 침묵을 지켰다.

하극상이 명백했고 이런 시국에 그건 참형이었다.

그 사실을 절실히 깨달은 낭검단 단원들은 얼굴이 하얗게
질려갔다.

휩쓸릴 때는 물불을 가리지 않았지만 정신을 차리고 보니
초특급 하극상의 대열에 동참해 있었다. 주동자는 아니어서

참형은 면하더라도 파맹이나, 최소한 곤장 백 대는 각오해야
했다.

"참수형을 행할 때 하더라도 어디 이유나 한 번 들어봅시
다."

한참 후에 총관 남궁정한이 무거운 음성으로 말했다.

그의 말에 집법전주가 긴 한숨을 내쉰 후 입을 열었다.

"할 말이 있느냐?"

집법전주 태정목이 유한성을 노려보며 짤막하게 물었다.

"그 이유는 내 품속에 있습니다."

유한성 역시 짤막하게 말했다.

"뭐라?"

태정목이 눈을 부릅떴고 좌중이 일순 술렁거렸다.

이런 천둥벌거숭이 같은 짓에 이유가 있다니?

"가슴을 뒤져라!"

태정목이 지시를 내리자 집법전 소속 무사 하나가 유한성
에게로 다가가 품을 뒤졌다.

유한성의 품에서 종이 한 장이 나왔다.

집법전 무사는 그것을 즉시 태정목에게 건넸다.

"이건?"

종이를 펼쳐 본 태정목이 두 눈을 부릅떴다.

그건 맹주 직속의 감찰특무조 삼조장의 신분 증명서였다.

그 증명서라면 각주들까지는 직권으로 체포가 가능하고

경우에 따라서는 목을 벨 수도 있었다.

그렇다면 단주의 신분으로 부각주들을 때려눕힌 행위는 하극상이 아닐 수도 있었다.

"감찰특무조 삼조장?"

외당 당주 백리찬이 눈살을 찌푸리며 중얼거렸다.

"감찰특무조?"

"대체?"

집법전 대전 안에 작은 화탄이 터진 것처럼 술렁거렸다.

외당 소속 청년들의 얼굴이 찌그러졌고 낭검단 소속 청년들의 눈에 구사일생의 기운이 번져 나갔다.

누가 감찰특무조인지 아직 한 번도 보지 못했지만 그들의 무소불위에 가까운 권한에 대해서는 잘 알고 있었다.

감찰특무조가 어떤 목적이 있어 부각주를 공격했다면 그건 공무수행의 범위에서 처리될 수 있다. 물론 그 행위에 합당한 증거나 정당성이 입증되어야 한다.

한동안 술렁거린 후 모두들 집법전주 태정목만 쳐다보았다.

이젠 상황이 달라졌으니 어떻게 처리할 것인지 궁금했다.

"우선 이 오라부터 풀어주시지요."

유한성이 먼저 침묵을 깨뜨렸다.

또 다른 신분이 확인된 이상 그건 합당한 요구였다.

태정목이 손짓을 하자 무사 하나가 주춤거리며 다가와 유한성의 상체를 결박한 오라를 풀어주었다.

"어떻게 자네가 감찰특무조 조장이 되었는지는 모르겠지만 자네의 이번 행동에 정당성이 결여된다면 결과는 마찬가지일세. 그러니 지금부터 그걸 입증해 보이게."

태정목이 여전히 유한성을 노려보며 말했다.

한발 물러선 듯한 모습이었지만 그의 눈에 어린 노기는 지워지지 않았다.

"총단에 스며든 홍화교의 첩자를 잡기 위함이었습니다."

유한성이 차분하게 가라앉은 음성으로 말했다.

"무어라?"

"뭣이?"

폭탄 같은 유한성의 말에 태정목을 비롯한 수뇌부는 물론 내, 외당의 청년들도 경호성을 지르며 유한성을 쳐다보았다.

"대체 그것이 무슨 말인가?"

내당 당주 곽상옥이 고함을 질렀다.

"흉수를 잡기 위해 이곳까지 오는 도중에 피치 못할 소란이 일었습니다."

유한성이 여전히 가라앉은 음성으로 답했다.

"그럼 그 흉수가 이곳에 있단 말인가?"

태정목이 볼 살을 떨며 말했다.

이건 말도 되지 않는다.

무림맹 총단이 무너져 내리지 않는 이상 이런 일은 있을 수 없다.

또한 무림맹 총단이 바보들만 모인 곳이 아닐진대 저런 어린놈에게 이렇게 휘둘릴 수는 없는 것이다.

태정목이 고함을 지르려는 순간 유한성의 입술이 먼저 울렸다.

"그렇습니다. 그것도 수뇌부에."

유한성이 단호하게 말했다.

"이, 이런!"

"이런 무도한!"

수뇌부에 흉수가 있다는 말에 수뇌부측에 드는 사람들은 모두들 폭탄을 맞은 듯 서로를 쳐다보았다.

"그 말에 책임을 지지 못한다면 내가 직접 자네의 목을 베겠네."

이제껏 석상처럼 가만히 앉아 있던 군사 제갈진도 가라앉은 음성과 함께 유한성을 노려보았다.

"물론이지요. 뱃속이 훤히 보이니까!"

유한성은 그 말과 함께 손을 뻗었다.

그러나 그의 손은 무림맹 수뇌부 쪽이 아니라 창밖을 향하고 있었다.

"사매!"

유한성이 창밖을 향해 소리쳤다.

"알았어요, 오라버니!"

창밖에서 여인의 목소리가 들리며 검 한 자루가 날아들었다.

우우웅—

유한성의 손에서 강력한 흡력이 쏟아졌다.

허공에 떠오른 적운검이 빨려들듯 유한성의 손으로 들어왔다.

"하앗!"

적운검을 손에 쥔 유한성은 기합성과 함께 폭풍처럼 외당당주 백리찬을 향해 쇄도해 들었다.

지금 하는 짓이 얼마나 무모한지, 또한 얼마나 어처구니가 없는 일인지 잘 안다. 자신의 생각이 그러니 다른 사람 눈에는 그 몇 배로 어처구니없게 보일 것이다.

하지만 백리찬이 간자라는 것은 확신할 수 있었다. 다른 사람들에게 객관적이고 명백한 증거는 제시할 수 없지만 그건 변함없다.

누구나 인정할 수 있는 통상적이고 객관적인 증거를 제시하려고 한다면 몇 달이 지나도 힘들 것이다. 설사 증거를 모았다 하더라도 제시하기 전에 역공을 당해 먼저 제거될 것이다.

지금으로서는 이것이 최선이었다.

전혀 예상치 못한 정공법으로 증거를 찾을 것이다.

뒷일은 총관 남궁정한에게 맡긴다.

그가 뒤에 있기에 이 자리에서 이런 무모한 짓을 벌일 수도 있는 것이다.

쉬이익—

유한성의 검이 곧장 백리찬의 심장을 향해 쑤셔들었다.

"미친!"

백리찬이 고함과 함께 앉은 자세 그대로 주르르 뒤로 물러났다.

발로 땅을 박찬 것 같지도 않았는데 의자와 함께 뒤로 미끄러지는 모습은 의자에 기관장치가 달린 것이 아닌가 하는 의심이 들 정도였다.

콰아앙—

백리찬이 앉았던 자리가 터져 나가며 나무 조각들이 포탄의 파편처럼 튀어 올랐다.

"무도한 놈!"

집법전주 태정목이 고함과 함께 판관필을 꺼냈다.

"기다리시오!"

남궁정한이 팔을 뻗어 태정목의 진로를 막았다.

"총관!"

태정목이 대경한 표정과 함께 급히 판관필을 거두었다.

까앙—

뒤쪽에서 쇳소리가 터져 나왔다.

백리찬이 뽑아 든 벽뢰도와 유한성의 적운검이 부딪친 것이다.

백리찬이 얼굴을 찌푸렸다.

벽뢰도를 통해 전해지는 충격파가 예상을 훨씬 뛰어넘었다.

청해마검의 제자이니 그 검법과 검에서 쏟아지는 검기가 살벌하다는 것은 인정하겠지만 어린놈의 내력이 이 정도라는 것은 도저히 납득이 가지 않았다.

그리고 이런 무모함이라니…….

콰앙—

다시 도와 검이 부딪치며 폭음이 터졌다.

그건 마치 포탄이 터지는 것과 같은 굉음이었다.

집법전에 모인 모든 사람이 넋이 나간 모습으로 두 사람의 대결을 쳐다보기만 했다.

뭐가 어떻게 돌아가는지 모를 정도로 갑작스런 폭발적 상황이었다.

집법전 내부에서 검과 도가 충돌하며 쇳소리가 터져 나오다니?

다른 곳은 몰라도 집법전에서는 절대로 그런 일이 벌어져서는 안 된다. 그런 일이 벌어졌다는 사실만으로도 집법전의 권위는 바닥으로 추락한다.

그러나 그게 문제가 아니다. 더 큰 문제는 거대한 폭발의 여력이 자신들에게 덮쳐온다는 것이다.

“어엇!”

“헉!”

짤막한 경호성들과 함께 집법전 대전에 복판에 서 있던 사람들이 급급히 사방으로 흩어졌다.

“천둥벌거숭이 같은 놈!”

백리찬이 야차 같은 표정과 함께 유한성을 향해 쇄도해 들었다.

몇 번의 격돌과 함께 집법전 한가운데로 날아온 두 사람은 그곳에서 도와 검을 광풍처럼 휘두르며 격돌하고 있었다.

콰앙—

다시 폭음이 터졌다.

동시에 도와 검이 허공으로 튀어 올랐다.

파츠츠츠—

튀어 오른 백리찬의 도에서 바짝 마른 나뭇가지가 타오르는 소리가 흘러나왔다.

그를 벽뢰신도란 별호로 불리게 한 기운이 터져 나오는 것이다.

우웅—

유한성의 적운검에서도 무거운 진동음이 흘렀다.

마라검기의 발출이었다.

쿠아앙—

벽뢰도에서 시퍼런 기운이 뻗어 나왔다.

화염보다 더 강한, 벽뢰의 기운이었다.

차아아앙!

벽뢰의 기운이 유한성의 전신을 덮쳐가는 순간 유한성의 검에서도 새하얀 검기가 뻗어 나왔다.

지옥의 그물이라 불리는 마라검기였다.

검의 일부처럼, 검이 한 자 정도 더 길어진 것처럼 뻗어 나온 기운은 순식간에 그물처럼 사방으로 뻗어 나가며 벽뢰의 기운을 가두어갔다.

"가소로운!"

백리찬이 고함과 함께 벽뢰도를 흔들었다.

그러자 그물 속에 갇힌 맹수가 포효를 하듯 푸른 기운이 꿈틀거렸다.

파아앙—

벽뢰의 기운이 지옥의 그물을 찢으려는 순간 마라검기는 한 발 앞서 수천 조각으로 찢어지며 수천 개의 빛줄기가 되어 백리찬의 전신을 향해 폭사되었다.

마라십이검의 제육초식 마라폭정이었다.

계속해서 뻗어 가려던 기운을 회수한 백리찬이 백뢰도를 크게 한 바퀴 회전시켰다.

츄아앙—

시퍼런 기운이 공처럼 백리찬의 전신을 감쌌다.

그것에 부딪친 마라폭정이 수많은 빛무리를 토하며 소멸

되었다. 동시에 백리찬의 전신을 감싼 기운도 종잇장처럼 터
져 나갔다.

"고얀!"

백리찬이 관운장 같은 수염을 부르르 떨었다.

이건 숫제 하룻강아지에게 발가락을 물린 꼴이다.

어처구니가 없었지만 어처구니없어 할 틈도 없었다.

다시 유한성의 검이 아랫배를 향해 쑤셔들고 있었기 때문
이다.


"이놈이!"

군사 제갈진이 철선을 빼 들며 공력을 불어넣었다.

감히 집법전 안에서 칼부림을 하다니?

설사 그가 감찰특무조 조장이라 하더라도 그건 용납할 수
가 없었다.

그에 앞서 백리찬이 누구인가?

자신과 함께 무림맹 수뇌부 중 수뇌부이자 자신의 의형이
었다.

그런 사람을 새파란 애송이가 이렇게 공격을 한다는 것은
도저히 용납이 되지 않았다.

이건 무림맹의 근간을 뒤흔드는 일이다.

[잠시만 시간을 주시오.]

막 전장으로 뛰어들려는 제갈진의 귓전에 남궁정한의 전

음이 들렸다.

제갈진이 와락 고개를 돌렸다.

남궁정한이 고개를 끄덕이고 있었다.

'뭔가 이건?'

제갈진의 눈동자가 심하게 흔들렸다.

정말 의형 백리찬이 배신자란 말인가?

그게 말이 되는가?

차라리 자신이 배신자란 말이 더 설득력이 있을 것 같았다.

만 번을 양보해서 설사 그가 배신자라 할지라도 그건 피치 못할 사정이 있어서 그랬을 것이다.

가족 중에 누군가 인질이 되어 협박을 받고 있다든지, 아니면 간교한 함정에 빠져 꼭두각시처럼 움직이고 있든지…….

우선은 저런 어처구니없는 상황에서 그를 끌어내야 한다.

"그럴 순 없소!"

제갈진이 완강하게 답하며 전장을 향해 고개를 돌렸다.

바닥을 박차려던 제갈진이 주춤 얼어붙었다.

이번에는 딸 제갈단영의 필사적인 고함이 귓전을 두드렸기 때문이다.

"잠시만 고정하십시오, 아버님"

'뭐라?'

제갈진은 고개를 돌려 딸의 모습을 찾았다.

방금 막 집법전 안으로 들어왔는지 집법당 입구에 딸 제갈단영이 서 있었다.

금방 쓰러질 듯한 초췌한 모습이었다.

[저를 믿는다면 잠시만 시간을 주십시오.]

제갈단영이 수화로 자신의 뜻을 전했다.

그녀가 수화를 익힌 것은 어릴 적 심한 마음의 상처로 실어증에 걸린 적이 있었기 때문이다. 그때 그녀는 처음에는 글을 적어 의사표현을 하다가 곧 수화를 익혔다. 그리고 그것은 무공을 모르는 그녀에게 있어서 전음술을 펼치는 것과 같은 효과를 냈다.

물론 그녀의 수화를 알아보는 가족들에 한해서지만…….

"대체?"

제갈진이 신음성을 토했다.

[이미 오래전부터 느낀 사실입니다. 그동안 차마 말씀을 드리지 못했습니다.]

제갈단영이 피를 토하듯 수화를 펼쳤다.

"믿을 수 없다."

제갈진이 고개를 흔들었다.

딸의 능력을 누구보다 잘 아는 제갈진이었지만 지금은 믿을 수가 없었다. 아니, 받아들일 수가 없었다.

누구보다 냉철한 그였지만 너무 큰 충격에 내면이 무너지고 있었다.

[소풍을 나갔다가 호위무사가 모두 죽고 소녀 역시 납치될 뻔했습니다.]

제갈단영의 절규에 가까운 표정을 본 제갈진은 비로소 냉정을 되찾았다.


콰앙─

마라십이검 제구초식 뇌정단운의 검기가 백리찬을 양단할 듯 쏟아져갔다.

대법과 함께 공력이 이 갑자로 증대되며 구성을 뛰어넘은 마라십이검은 예전보다 배는 더 강맹했다.

'헛!'

지옥의 그물 같은 검기가 구주횡단의 수법으로 날아들자 백리찬은 속으로 헛바람을 삼키며 몸을 솟구쳤다.

몇 번 부딪치며 단전이 요동치는 것을 느꼈다.

그건 위험했다.

되도록 부딪치지 말고 피하는 것이 상책이었다.

"엇!"

백리찬이 경호성을 토했다.

허리를 갈라오던 검기가 순식간에 그물이 되어 위에서 쏟아져 내렸다.

백리찬의 얼굴이 밀랍처럼 창백해졌다.

어린놈이 어떻게 이런 초식을 펼칠 수 있을까?

초와 식의 경계가 완전히 무너진 검법 같았다.

백리찬은 이를 악물며 검을 쳐올렸다.

'됐다!'

유한성은 속으로 외쳤다.

이제 놈의 한계가 가까워졌다. 그럼 머지않아 증거가 드러날 것이다.

유한성은 넓게 퍼진 검기를 하나로 모아 쾌속하게 앞으로 찔러 넣었다.

'컥!'

숨이 턱 막힌 백리찬이 눈을 부릅떴다.

도를 휘두르려는 순간, 아니, 불끈 내력을 끌어올리려는 순간 단전으로 찔러드는 화살 같은 검기는 내부를 진탕시켰다.

이런 경험은 도를 처음 잡은 풋내기 시기에나 일어났던 일인데 어이가 없었다.

가까스로 검기를 피한 백리찬이 다시 내력을 끌어올렸다.

"크윽!"

백리찬은 자신도 모르게 낮은 비명성을 터뜨렸다.

어이없는 실수를 두 번이나 연달아 한 것이다.

조금 더 늦게 찔러들었거나 조금 더 빨리 찔러들었더라도 이런 일이 생기지 않을 것인데 놈의 검기는 한 치도 어긋나지 않고 내력을 끌어올리려는 그 순간 기해혈을 파고들었다.

단전에 깊은 곳에 쌓여 있던 기운이 요동을 쳤다.

백리찬은 필사적으로 내부를 다스렸다.

그 기운은 어떠한 일이 있어도 터뜨리지 말아야 한다.

그러나 그것은 마음뿐이었다.

뱀의 혀끝 같은 검이 이번에도 호흡을 끊으며 날아들었다.

콰아앙—

백리찬의 얼굴이 흉신악살처럼 변했다.

더 견디지 못한 단전의 기운이 폭발하며 벽뢰도로 터져 나왔다.

벽뢰도법의 푸른 색감이 아닌, 시뻘건 불길이었다.

화르르르—

"아아악!"

제일 가까운 곳에 있던 집법전 무사 하나가 처절한 비명을 지르며 미친 듯이 버둥거렸다.

그의 전신에 시뻘건 화염이 폭발하듯 솟구쳤다.

"홍화교의 홍염기(紅炎氣)!"

비영각주 초영신개가 비명처럼 고함을 질렀다.

방금 백리찬의 백뢰도에서 터져 나온 기운의 뿌리는 마교의 혈염기(血炎氣)였다. 그것이 천산 현현교의 수법과 어우러져 시뻘건 불꽃으로 터져 나오고 있었다.

"드디어 정체를 드러냈군."

남궁정한이 뿌드득 이를 갈며 몸을 솟구쳤다.

놈이 홍화교의 첩자라는 것을 안 이상 더 망설일 것이 없었다.

모든 절차를 무시하고서라도 잡아야 했다. 잡지 못한다면 천참만륙해서라도 아들 남궁성민의 복수를 할 것이다

슈아악—

남궁정한의 검이 대기를 찢으며 검식을 펼쳤다.

유한성에 의해 내부가 진탕되었던 백리찬이 이번에는 남궁정한의 공격을 받자 더 이상 견디지 못하고 쾌속하게 뒤로 물러섰다. 그리고는 길게 숨을 골랐다.

"이젠 더 눈치 볼 필요 없겠군. 후후!"

막힌 숨을 토해낸 백리찬이 차갑게 웃었다.

그의 벽뢰도가 시뻘건 적색으로 변하고 있었다.

"하앗!"

백리찬이 기합성과 함께 벽뢰도를 그어 내렸다.

벽뢰도에서 적색 광채가 번쩍이더니 사방으로 퍼져 나갔다.

"모두 피해라!"

비영각주 초영신개가 집법전 대전에 있는 청년들을 향해 고함을 지름과 동시에 미친 듯이 타구봉을 흔들었다.

넋이 반쯤 나간 청년들은 사태파악도 하지 못하고 멍하니 구경만 하고 있었다. 그들을 향해 무차별적으로 터져 나오는 홍화교의 홍염기는 저승사자의 손길이나 마찬가지였다.

퍼엉!

타구봉에서 터진 기운과 벽뢰도에서 터져 나온 기운이 부딪치며 굉음이 흘렀다.

"크윽!"

"큭!"

근처에 있던 청년 몇 명이 온몸이 걸레처럼 변하며 뒤로 팅겨났다.

비로소 청년들이 상황파악을 하고 정신없이 물러났다.

백리찬은 그런 그들을 향해 다시 벽뢰도를 휘둘렀다.

"이놈!"

제갈진이 고함을 지르며 백리찬을 향해 쇄도했다.

처절한 배신감에 온몸을 떨던 그는 이제 야차가 되어 백리찬을 향해 검을 휘둘러갔다.

퍼엉!

폭음과 함께 순간적으로 사방이 암흑으로 변했다.

흑연탄(黑煙彈)이 터진 것이다.

남궁정한에 이어 제갈진까지 가세하며 불가항력을 느낀 백리찬은 미리 준비하고 있던 흑연탄을 터뜨려 사방을 암흑으로 만들었다.

"모두 대전 가장자리로 물러나라!"

제갈진이 고함을 질렀다.

청년들이 포위를 해서 잡을 수 있는 인간이 아니었다.

청년 무사들이 포위망을 펼쳐보아야 추풍낙엽일 뿐이다.

오히려 그들을 물리고 난후 기색을 감지하여 절정고수들이 포위하며 공격하는 것이 나았다.

그러나 제갈진의 그런 의도도 전혀 먹혀들지 않았다.

청년들이 제갈진의 고함소리와 함께 급급히 물러나며 대전 가운데를 텅 비웠지만 백리찬의 기색은 어느 곳에서도 느껴지지 않았다.

대전 가장자리로 물러난 청년들 틈에서도 그의 모습이 안 보였기에 분명 저 흑연탄 속에 있는 것이 확실했지만 전혀 기색이 느껴지지 않았다.

"사방을 통제하고 조여들어 갑시다."

누군가 말하는 순간 급박한 움직임이 느껴졌다.

유한성이었다.

그리고 그가 향하는 방향은 제갈단영이 있는 쪽이었다.

백리찬은 흑무 속에서 철저히 기색을 죽인 채 제갈단영 쪽으로 향하고 있었다.

이곳에 와서 여러 번 제갈진을 제거하려 했지만 어쩐지 매번 일이 꼬였다. 그리고 그 꼬이는 일의 끝에는 반드시 제갈단영이 있었다.

처음에는 우연이라 생각했는데 그것이 거듭되자 우연일 수가 없다는 것을 알았다.

어떤 식으로 자신의 의도를 간파했는지는 모르겠지만 그녀가 방해를 한다는 것은 확신할 수 있었다.

그래서 제거하려 하였는데 실패했다.

또한 자신을 색출하는데 가장 큰 역할을 하고 있다는 것도 알았다.

기필코 제거해야 한다는 생각에 백리찬은 흑무 속에서 제갈단영 쪽으로 향했다. 그리고 그것은 유한성의 초월적 감각에 잡혔다.

쉬이익—

유한성이 한발 앞서 검을 휘둘렀다.

대경실색한 백리찬이 도를 쳐올렸다.

콰앙!

유한성의 검과 백리찬의 도가 부딪치며 폭음과 함께 불똥이 튀었다.

"저곳이다!"

무림맹 수뇌부들이 고함을 지르며 그쪽으로 향했다.

"지겨운 놈!"

제갈단영을 향해 검을 휘두르려다 제지당한 백리찬의 입에서 욕설이 터져 나왔다.

자신의 정체를 밝혀낸 것도 모자라 이젠 흑연 속에 숨어 있는 것까지 정확히 간파하고 검을 뿌려왔다.

놀람을 넘어서 이젠 공포감마저 느껴졌다.

휘익!

수뇌부들도 달려들자 제갈단영의 처치를 포기한 백리찬이

비조처럼 입구를 향해 날아갔다.

파앗—

유한성 역시 백리찬을 따라 쾌속하게 신형을 날렸다.

출입문을 박차며 밖으로 빠져나간 순간, 백리찬은 품속에서 무언가를 꺼내 출입문 근처로 던졌다. 그곳은 출입문이 있는 곳이기도 했고 제갈단영이 새파랗게 질린 채 서 있는 방향이기도 했다.

누구도 백리찬이 무언가를 던지는 것을 보지 못했지만 유한성은 그것을 똑똑히 보았다.

"피하시오!"

고함을 지른 유한성은 바람처럼 몸을 날려 제갈단영을 낚아챈 후 그 속도 그대로 구석 쪽으로 쏘아졌다.

콰앙!

거대한 폭음과 함께 대전의 출입문이 박살 나며 시뻘건 화염이 온 공간을 뒤덮었다.

백리찬이 이번에 던진 것은 흑연탄이 아닌, 엄청난 위력의 화탄이었다.

"아악!"

"아아악!"

출입구에서 비교적 가까운 곳에 있던 사람들이 불길에 휩쓸리며 허공으로 날아올랐다.

그만큼 화탄의 위력은 강력했다.

투투투툭!

화염과 함께 폭발의 파편들이 거세게 몰려왔다.

유한성은 강기를 끌어올리며 파편들을 몸으로 막아냈다.

퍼퍼퍽!

파편들이 유한성이 끌어올린 강기에 부딪쳐 튕겨났다

"괜찮소?"

파편들이 사라진 후 유한성이 제갈단영을 향해 물었다.

제갈단영은 대답할 기력도 없는지 고개만 끄덕였다.

무공도 모르는 그녀가 견뎌내기에는 너무 벅찬 대형 참사였다.

"놈을 쫓아라!"

누군가 고함을 질렀다.

고함과 함께 남궁정한이 비호처럼 몸을 날려 밖으로 쏘아졌다.

그 뒤로 제갈진이 혼비백산한 모습으로 달려왔다.

"단영아!"

제갈진이 비명처럼 고함을 질렀다.

엄청난 위력의 화탄이 그녀가 있는 근처에 터지는 순간, 그는 딸이 속절없이 죽었다고 생각했는지 반쯤 넋이 나간 표정이었다.

천만뜻밖으로 딸이 살아 있음을 안 제갈진은 그 자리에서 굳었다.

"외상은 없지만… 내상을 입었을지도…….”
제갈단영을 제갈진에게 인계한 유한성도 바닥을 박차며
밖으로 쏘아졌다.

第九十五章
새로운 홍수

이미 백리찬과 남궁정한의 모습은 보이지 않았다. 다만 밖에 있는 사람들의 시선으로 보아 집법전 북쪽으로 달려간 것 같았다.

그쪽은 숲과 가장 가까운 곳이었다. 백리찬은 곧장 외성을 벗어나 그곳으로 스며든 모양이었다.

유한성도 그곳을 향해 몸을 날렸다.

[후후!]

유한성의 신형이 막 외당의 벽을 넘는 순간, 귓가로 낮은 웃음소리 한줄기가 들려왔다.

공력이 잔뜩 들어간 웃음소리였다. 또한 그것은 전음입밀의 수법으로 고막 속에서 바로 울렸다.

유한성은 바닥으로 내려서 전음이 전해진 곳을 살폈다.

그 어느 곳에서도 전음을 날린 자의 모습이 느껴지지 않았다. 정수리로 느끼는 초감각으로도 마찬가지였다.

전음은 그 감각의 범위를 벗어난 거리에서 전해지는 모양이었다.

[네놈이 유세연의 자식이면 네 어미는 기녀였겠구나.]

전음이 다시 전해졌다.

순간 유한성은 온몸으로 얼음물이 흘러내리는 것 같았다.

기녀!

누구인지 정체는 알 수 없지만 놈은 천만뜻밖으로 어머니에 대해서 알고 있었다. 아울러 아버지에 대해서도…….

유한성은 석상처럼 얼어붙은 채 다음 전음을 기다렸다.

[네 어미에 대해, 그리고 네 아비의 죽음에 대해 알고 싶으면 북쪽이 아닌, 동쪽 저 멀리 보이는 산 중턱의 관제묘로 와라. 물론 구질구질한 꼬리는 달지 말아야겠지.]

다시 전음이 고막을 울렸다.

여전히 방향은 물론, 얼마만큼 떨어진 곳에서 날아왔는지 짐작이 가지 않는 고강한 수법이었다.

백리찬의 음성이 아니었다.

백리찬보다 훨씬 젊게 느껴졌고 훨씬 자신만만했다.

그 목소리의 저변에 깔린 자신감은 절대로 의도적이거나

허세의 산물이 아니었다.

조금도 감정을 싣지 않은, 차분하게 가라앉은 음성이었지만 자연스럽게 흘러나오는 것이었다.

느긋하게 쉬고 있는 대호의 몸에서 자연스럽게 흘러나오는 위엄처럼…….

그것은 전음의 주인이 얼마나 고수인지를 단적으로 드러내주었다.

[반 시진만 시간을 주지.]

그것을 마지막으로 전음은 더 이상 들려오지 않았다.

유한성은 한동안 그 자리에 꼼짝도 않고 서 있었다.

반 시진 안에 놈이 말한 무림맹 총단 동쪽에 있는 산 중턱까지 달려가서 계곡을 찾는 일은 그리 여유로워 보이지 않았지만 극심한 혼란에 몸을 움직일 수가 없었다.

놈은 어머니에 대해 알고 있다.

어머니에 대해서는 자신은 물론, 그 누구도 깊이 알지 못했다.

어머니가 주루의 기녀였다는 사실도 아버지가 증조할머니에게 보낸 서신을 통해 알았다. 그런데 놈은 그 사실들을 알고 있었다.

대체 누굴까?

전음으로 미루어보면 놈은 아버지의 죽음과 관계가 있는 것이 분명했다.

피가 머리로 솟구치는 기분이 들었다.

오룡회의 일원인 이곽봉의 예상이 맞았다.

그는 무림맹 총단으로 들어가면 아버지를 죽인 흉수에 대해 알 수 있을 것이라 했다. 그 예상은 적중했고 생각보다 훨씬 빨리 마주쳤다.

파앗―

심호흡으로 격동하는 마음을 가라앉힌 유한성은 발끝으로 땅을 박찼다.

＊　　＊　　＊

휘이익―

남궁정한은 사력을 다해 경공을 펼쳤다.

아들을 죽게 만든 놈!

그놈이 외당 당주일 줄은 꿈에도 생각하지 못했다.

놈은 유서 깊은 백리세가의 가주였고 벽뢰신도라는 별호와 함께 백도무림의 정인군자로 명성이 높았다.

그런데 그놈이 홍화교의 첩자라니?

이건 정파 무림맹에 있어서 청천벽력이나 마찬가지다.

기둥 하나가 빠진 무림맹은 한동안 큰 혼란에 빠질 것이고 원상복귀 하는데 적잖은 시간이 걸릴 것이다. 하지만 지금이라도 놈을 색출했다는 것이 천만다행이었다.

그런 것은 뒤에 따질 일이다.

지금은 아들을 죽게 만든 원수 놈을 베는 것이 우선이다.

놈이 직접 아들을 죽인 것은 아니지만 놈으로 인해 아들이 죽었다.

그것으로도 놈은 같은 하늘에서 숨 쉴 수 없는 불구대천의 원수인 것이다.

파앗—

남궁정한은 가일층 세차게 땅을 박찼다.

타타탁—

소나무의 잔가지가 세차게 얼굴을 때렸지만 남궁정한은 느끼지도 못하고 극한의 경공을 펼쳤다.

그러나 놈과의 거리가 조금도 가까워지지 않았다.

멀어지지도 가까워지지도 않는 거리에서 벌써 일각 이상 추격전을 벌인 것이다.

'설마?

멀어지지도 가까워지지도 않는 거리!

만약 놈이 자신을 유인하고 있는 것이라면?

섬광처럼 스친 생각에 남궁정한은 경공의 속도를 늦추었다. 그러자 두 사람 사이의 거리가 급격히 벌어졌다.

하지만 그것도 잠시, 급격히 벌어지려던 거리가 다시 좁혀졌다.

남궁정한은 와락 눈살을 찌푸렸다.

예상대로 놈은 자신의 추격 속도에 맞추어 도주 속도를 조절했다. 그래서 거리가 일정하게 유지된 것이다.

남궁정한은 완전히 멈추어 섰다. 그러자 백리찬 역시 경공을 멈추었다.

"벌써 지쳤소?"

백리찬이 차가운 미소를 흘리며 말했다.

"뿌드득!"

남궁정한이 이를 갈았다.

정체가 탄로 났으니 미친 듯이 도주를 해도 모자랄 텐데 자신을 농락까지 하고 있었다.

"언제부터 홍화교의 개가 되었느냐?"

분노를 억누른 남궁정한이 질문을 던졌다.

죽일 때 죽이더라도 최소한의 정보는 캐야 했다. 그것이 무림맹 총관으로서 최소한의 임무였다.

"글쎄… 그게 언제부터였더라……? 우리 가문이 무림 팔대세가에서 밀려나면서부터였으니 꽤 오래된 것 같구려."

백리찬이 입꼬리를 비틀며 답했다.

"그 과정에서 당신네 남궁가의 역할도 제법 컸지."

백리찬의 조소가 더욱 짙어졌다.

창!

남궁정한은 검을 뽑았다.

더 이상은 말이 필요 없었다.

중요한 것들은 물어도 말해주지 않을 것이고 묻고 싶은 생각도 없었다. 어서 놈을 베어 아들 성민의 원한을 갚고 싶었다.

"후후!"

백리찬도 낮게 웃으며 벽뢰도를 뽑았다.

그의 웃음 속에서 부정할 수 없는 자신감이 엿보였다.

남궁정한은 백리찬의 웃음에서 새어 나오는 자욱한 마기를 읽었다. 아니, 마기와는 무언가 달랐다. 마기인 듯하면서 무언가 이질적인, 마기보다 더 섬뜩함을 느끼게 하는 기운이었다.

그것은 아마도 홍화교의 기운이리라.

중원 무공과 궤를 달리하던 천산 현현교의 기이한 무공은 정파무림의 배신과 함께 멸문지화를 겪으며 원한과 마기가 어우러진 새로운 무공으로 재탄생된 것 같았다.

"오시오, 남궁가주! 나도 새로 익힌 내 무공이 당신네 남궁가의 무공을 누르는 이날을 손꼽아 기다렸소."

백리찬이 자신감 가득한 표정과 함께 손가락을 까닥거렸다.

"찢어죽이겠다!"

고함이 끝나기도 전에 남궁정한의 신형이 백리찬에게로 쏘아졌다.

쉬이이익—

남궁정한의 검에서 남궁세가의 독문검법인 창궁무애검법(蒼穹無涯劍法)이 펼쳐졌다.

남궁세가 모든 검법의 기초가 되는 검법인 창궁검법에서 발전한 것으로 상승의 경지에 이르면 그 어떤 검법보다 무거운 위력을 발휘하는 검법이었다.

"좋군!"

백리찬도 미소를 지으며 자신의 애병 벽뢰도를 뿌렸다.

백리찬의 벽뢰도에서 검붉은 기운이 번뜩였다.

채채챙!

검과 도가 부딪치며 연신 불똥이 튀었다.

서로 한 치의 빈틈도 찾아볼 수 없는 치열한 부딪침이었다.

남궁정한의 눈이 부릅떠졌다.

자신이 아는 한 백리찬의 무공은 이 정도가 아니었다.

비록 그가 뿌리는 벽뢰도가 명성이 자자했지만 이 정도로 무겁지는 않았다. 지금 그의 도법은 마치 거대한 쇠기둥을 대하는 것처럼 무거웠다.

'이것 역시 홍화교의 영향인가?'

차아앙—

잠시 후 남궁정한의 검에서 새하얀 검광이 일었다.

길이가 검의 길이 보다 더 긴, 장창의 수준이었다.

"하앗!"

백리찬이 기합성을 지르며 벽뢰도를 쳐올렸다.

그의 도에서도 시뻘건 도기가 일었다.

콰앙!

두 자루의 병기가 부딪친 곳에서 굉음이 터졌다. 그리고 사방으로 흙과 돌무더기가 숫구쳐 올랐다.

'으음!'

남궁정한이 낮은 신음을 삼키며 눈살을 찌푸렸다.

검신을 통해 전해진 충격파는 예상을 훨씬 뛰어넘었다.

벽뢰신도 백리찬은 자신이 평가하고 있던 그 사람이 아니었다. 그는 몸속에 새로운 힘을 채운 미지의 고수, 처음 마주친 마교의 고수와 같은 느낌이었다.

'단 한 번으로 끝내야 한다.'

남궁정한은 결심을 굳혔다.

놈의 몸속에 어떤 역천의 기운이 스며 있을지 알 수 없었다. 단 한 번에 그걸 잘라서 끝장을 봐야 했다.

남궁정한은 천로제왕신공의 내력을 끌어올렸다.

"그만! 오늘은 여기까지 해야 할 것 같소."

백리찬이 손을 들어올렸다. 그의 시선이 남궁정한의 뒤쪽을 향하고 있었다.

그곳에는 초영신개를 비롯한 무림맹 수뇌부 고수들이 경공을 펼치며 날아오고 있었다.

집법전의 소요를 정리하지도 못한 채 백리찬을 잡기 위해 뒤따라온 것이리라.

“누구 마음대로!”

남궁정한이 검을 치켜들었다.

“네놈들을 이곳까지 유인했으니 내 역할은 충분히 했지. 후후!”

뜻 모를 말과 함께 백리찬이 웃었다.

“다음에 또 봅시다.”

백리찬이 훌쩍 신형을 날렸다.

“그렇게는 안 된다!”

남궁정한이 땅을 박찼다.

그 순간, 수십 개의 암기가 백리찬을 향해 쏟아졌다.

놀란 백리찬이 미친 듯이 도를 휘둘렀다.

따다다당!

수전(手箭)을 닮은 암기였다.

쐐애액!

섬뜩한 파공음이 대기를 갈랐다.

그러나 그 실체는 보이지 않았다.

퍼억!

그것은 수십 개의 암기를 쳐 내고 있는 백리찬의 심장을 그대로 관통하며 아름드리 잣나무에 박혔다.

투명하게 보이는 은빛의 강전이었다.

파르르!

강전은 백리찬의 심장을 관통하고도 남은 여파를 이기지

못하고 빠르게 떨고 있었다. 그만큼 그 강전에 실린 힘이 강맹하다는 뜻이었다.

"이런 개 같은……."

백리찬이 억눌린 신음을 토했다.

그러나 그의 의식은 신음이 끝나기도 전에 육신을 떠나고 있었다.

"이런!"

남궁정한이 탄식과 함께 강전이 날아온 바위 위로 몸을 솟구쳤다.

턱!

남궁정한이 바위 위에 내려섰을 땐 까마득한 곳에서 백의를 입은 한 명의 인영이 점이 되어 사라지고 있었다.

소름끼칠 정도로 빠른 경공이었다.

비영각주 초영신개라 할지라도 따를 수 없을 것 같았다.

남궁정한은 이를 악물었다.

아들의 원수는 죽었지만 자신의 손으로 갚지도 못했다. 그리고 백리찬을 죽인 그 흉수 역시 놓쳐 버렸다.

"으아아!"

남궁정한은 고함과 함께 검으로 바위를 내려쳤다.

바위가 산산조각 나며 비탈을 굴러 내렸다.

"대체 이게 무슨 일이오?"

뒤늦게 도착한 초영신개와 제갈진 등이 백리찬의 시신과

남궁정한을 보며 물었다.

"흉수를 놓쳤소. 무시무시한 경공을 펼치는 놈이었소."

남궁정한이 비통한 음성으로 말했다.

만약 놈의 무공이 경공에 비례한다면 강호무림에서 적수가 몇 없을 것 같았다.

"무슨 이런 일이……?"

총관 남궁정한의 능력을 잘 아는 초영신개는 믿어지지 않는 눈으로 백리찬의 가슴을 쳐다보며 고개를 저었다.

'무서운 일이군.'

제갈진은 창백한 안색과 함께 한숨을 내쉬었다.

의형 백리찬이 첩자였다니?

거듭 생각해도 믿을 수 없었다.

자신이 아는 한 백리찬은 정인군자였고 첩자가 될 이유가 없는 사람이었다. 그런 사람을 놈들은 어떻게 첩자로 만들었단 말인가?

만약 그가 계속해서 첩자로 남아 있었다면 머지않아 무림맹은 내부에서부터 왕창 무너져 내렸을지도 몰랐다.

'그런데 그 청년은 어떻게 첩자를 색출해냈을까?

그건 딸 단영이 알고 있을 것 같았다.

"어쨌든 첩자를 색출해냈으니 불행 중 다행이오. 그런데 첩자 색출에 가장 큰 역할을 한 그 청년은?"

초영신개 등과 같이 달려온 종남파의 장로 태현 도장이 유한성을 찾았다.

색출하는데 가장 큰 역할을 했으니 추적에도 그렇게 해야 했는데 보이지 않았다.

"이쪽으로는 오지 않았소."

남궁정한도 그제야 생각이 미치는지 고개를 두리번거렸다.

"어쩐지 저놈이 날 유인하는 것 같은 느낌을 받았는데……."

남궁정한의 눈 사이가 급격히 좁혀졌다.

"그렇다면 또 다른 잔당이 있어 그 청년을 그곳으로 간 것이 아니오?"

제갈진의 표정도 굳어졌다.

첩자는 물론, 딸의 목숨도 구한 유한성이었다.

큰 은인이었고 앞으로도 누구보다 중한 역할을 해야 할 청년이었다.

"어서 총단으로 돌아갑시다. 그곳에서 사태를 수습하고 청년의 행적을 찾아봅시다."

초영신개가 서둘러 경공을 펼쳤다.

＊　　　＊　　　＊

휘익―

유한성은 전력으로 경공을 펼쳐 관제묘에 도착했다.

놈의 말대로 관제묘는 산 중턱에 있었는데 찾기는 그리 어렵지 않았다.

길목에서 조금 떨어진 곳에 있었고 옆에 제법 넓은 공터가 있었다.

지어진 지는 오래된 듯했지만 사람들이 제법 드나들었는지 그런대로 단정하게 손질되어 있었다.

유한성은 내부를 살폈다.

쥐새끼 몇 마리만 붉은 색감으로 움직이고 있을 뿐 관제묘 안쪽은 아무런 인기척이 없었다.

주변 역시 마찬가지였다.

지나가는 사람들도 없었고 누군가 기다리고 있는 사람들도 없었다.

유한성은 좀 더 기감을 넓혀 주변을 살폈다.

자신감이 가득한 놈의 목소리로 미루어 보아 거짓말을 하거나, 약은 계략을 꾸밀 것 같지는 않았다. 그런데도 이곳에 아무도 없다는 것이 의구심을 자아내게 했다.

휘익—

좀 더 기감을 넓히려는 찰나 아래쪽에서 미세한 바람소리가 들렸다.

극한의 경공을 펼치는 소리였다.

유한성은 긴장의 끈을 조였다.

지금까지 저런 수준을 경공을 펼치는 무인은 보지 못했다.

자신 역시 저런 경공은 불가능했다.

경공에 특화된 인간이라 할지라도 무서운 수준이었다.

바람 소리가 순식간에 가까워지며 숲 사이로 한 인영의 모습이 급격히 확대되었다.

백의 경장을 차려입은 사내였다.

나이는 이십대 후반 정도로 보였다.

그리고…….

절세의 미남자라는 말이 어울릴 듯한 사내였다.

하얀 얼굴에 짙은 검미, 그리고 붉은 입술!

얼핏 여인보다 더 고운 얼굴 같았지만 뚜렷한 윤곽의 이목구비는 강한 사내의 냄새를 물씬 풍겼다.

휘익!

사내가 관제묘 앞에 내려섰다.

표홀한 경신법이 마치 깃털이 바닥에 내려앉듯 지면에서는 아무런 소음도 흘러나오지 않았다.

"미안하네. 직접 처리할 일이 있어서 조금 늦었네."

사내는 빙긋 미소를 지었다.

갑자기 온 사방에서 훈풍이 불어오는 듯한 미소였다.

깊은 적대감마저 한순간에 녹일 만한 친근한 미소는 마주하는 여인이라면 석녀라 할지라도 가슴을 울렁거리게 할 것 같았다.

"정체는?"

잠시 사내를 쳐다보던 유한성은 가라앉은 음성으로 물었다.

자신도 제대로 알지 못하는 어머니에 대해 알고 있는 사내였다. 그러면서 흉수와 한패로 여겨지는 사내였다.

마음은 지극히 혼란스러웠고 어머니에 대한 궁금증이 폭포수처럼 일었다.

"숨이나 좀 돌리게 해주게."

사내는 한 점 가쁘게 보이지 않는 숨을 고르는 척 어깨를 들썩였다.

유한성은 묵묵히 사내를 지켜보며 사방으로 주의를 기울였다.

사내가 나타난 방향에서는 더 이상 어떤 인기척도 느껴지지 않았다. 자신이 그렇듯 사내 역시 혼자서만 온 것 같았다.

"자네가 정호회 타격대주, 아니, 이젠 무림맹 낭검단주 유한성인가?"

사내는 확인을 하듯 질문했다.

"그러는 당신은?"

유한성이 반문했다.

"난 그냥 이공자로 통하네. 이름을 밝히지 못해 미안하네. 양해해 주게."

사내는 입맛을 다시며 말했다.

유한성은 아무 말도 하지 않았다.

사내의 이름이 무엇인지는 아무런 의미가 없었다. 차라리 이름보다는 호칭이 더 나았다.

이공자라면 위로 한 명의 공자가 더 있을 것이고 그 역시 사내 못지않게 위험한 사람일 것 같았다.

"자네 사부께서는 잘 계시나?"

유한성을 응시하던 사내가 불쑥 물었다.

유한성은 눈살을 찌푸렸다.

어머니나 아버지에 대한 말이라면 모를까 사내가 사부의 안부를 묻는 이유가 납득이 가지 않았다.

"내 사부님의 안녕이 당신과 무슨 상관이오."

유한성이 대꾸했다.

"상관이라……."

사내가 탄식하듯 읊조렸다.

짧은 순간, 사내의 눈에서 강한 살기가 어리는 것을 느꼈다. 그러나 그건 착각이 아니가 싶을 정도로 빠르게 사라지고 사내는 처음의 그 여유로운 모습으로 돌아왔다.

"그렇군. 지금 자네에게 중요한 것이 그게 아니지. 내가 잠시 실수를 했네."

사내는 고개를 끄덕이며 덧붙였다.

"자네에게 지금 가장 중요하면서도 궁금한 것은 자네 어머니에 대한 것이겠지. 또한 내가 어떻게 자네 어머니를 알고 있는가 하는 것이기도 하겠고……."

사내는 유한성의 속에라도 들어갔다 나온 것처럼 한 마디도 더하거나 덜하지 않고 말했다.

유한성은 묵묵히 듣고만 있었다.

"사람의 인연이란 것이 참으로 질기고도 묘하다네. 자네 사부와 자넬 보면 운명을 관장하는 신은 말로 표현할 수 없을 만큼 심술궂고 괴팍하다는 생각이 드네. 그 운명의 끈이 하도 질기고 기가 막혀 나로 하여금 이렇게 직접 나서게 만들었지."

사내는 잠시 말머리를 돌렸다.

"본론만 말하시오."

유한성이 차갑게 말했다.

"서두르지 말게. 그 본론이란 것이 한 마디로 하기 힘들어 이렇게 분위기를 잡는 중이니까 말일세."

사내는 여전한 미소와 함께 말했다.

"운명의 물꼬가 좀 다른 방향으로 틀었다면 자넨 나하고 같은 곳을 향해 매진할 수도 있었을지도 모르지. 쩝!"

사내는 여전히 뜻 모를 이야기를 중얼거렸다.

챙!

더 들어주지 못하겠다는 듯 유한성은 검을 뽑아 들었다.

"내 어머니에 대해 어떻게 알지?"

유한성이 단도직입적으로 질문을 던졌다.

"그건 쉽게 가르쳐 줄 수 있는 얘기가 아니라네."

사내가 딱 잘라 말했다.

유한성은 어이가 없는 기분이 들었다.

그렇다면 왜 이곳으로 자신을 불렀단 말인가?

단지 자신을 유인하기 위해서 약은 수를 썼다고 보기엔 사내의 몸에 흐르는 자신감이나 자부심이 너무 강했다.

"대신 거래를 하지. 자네 사부에 대해 몇 가지 알려 준다면 나도 가르쳐 주겠네."

사내는 뜻밖의 제안을 했다.

유한성의 눈이 시린 빛을 토했다.

놈이 왜 사부에게 그렇게 관심을 갖는지 알 순 없지만 어머니에 대한 궁금증을 모조리 포기하는 한이 있더라도 사부에 위해가 갈 일은 할 수 없었다.

"물론, 자네 사부께서 지금 어디에 은신하고 있는지 하는 식의 위해가 갈 수 있는 질문은 않겠네. 그런 질문이라 생각되면 고개를 흔들면 되네. 그래도 거래는 성립된 것으로 하겠네."

표정을 통해 유한성의 속마음을 읽었는지 사내가 다시 거래를 제의했다.

유한성은 잠시 생각에 잠겼다.

그런 식이라면 손해 볼 것이 전혀 없다. 자신이 판단하여 사부께 불리할 질문은 답하지 않으면 된다. 그런 전제조건을 거는 것으로 보아 사내가 원하는 것은 다른 것인 것 같았다.

아니면 어차피 죽여 버릴 놈이란 생각에 여유를 주는 것일지

도…….

"질문해 보시오."

유한성이 제의를 받아들였다.

생사결을 펼칠 때 펼치더라도 궁금증은 풀고 싶었다.

"고맙네. 자네 사부를 처음 만났을 때 사부에게 가족은 없

었나?"

사내가 뜻밖의 질문을 던졌다.

유한성은 무슨 말인지 몰랐지만 자신이 아는 한 사부는 혼

자였다.

"혈혈단신이셨소."

유한성이 짤막하게 답했다.

사내의 눈동자가 잠시 흔들리는 듯했다.

너무나 태연자약한 사내의 분위기와는 어울리지 않았기에

유한성은 깊은 의구심을 느꼈다.

사내는 어머니와도 관계가 있지만 사부와도 관계가 있는

것 같았다. 그래서 인연이란 것이 정말 묘하고도 질기다는 말

을 한 것 같았다. 아울러 심술궂고 괴팍하다고도 했고…….

"확실한가?"

사내가 재차 물었다.

"그렇소. 혈혈단신으로 어느 표국에 몸을 의탁하고 있었소."

유한성이 덧붙였다.

"그렇다면 혹시 누군가 가슴에 넣어 두고 있는 것 같지는 않았나?"

사내가 다른 질문을 던졌다.

"그런 것을 밖으로 드러낼 분이 아니셨소."

유한성이 답했다.

"그렇… 겠지. 청해마검이란 별호에 어울리는 사람이라면 그랬겠지."

사내는 묵묵히 고개를 끄덕였다.

"그런데 내 사부님과 당신이 무슨 상관이오."

유한성이 눈살을 찌푸리며 물었다.

"고모부라고 부를 수도… 아니, 자네 질문은 자네 어머니에 한해서라네."

무언가 답을 하려던 사내는 세차게 고개를 흔들며 말꼬리를 냉정하게 잘라 버렸다.

"고모부라니? 그게 무슨……?"

유한성이 눈을 부릅떴다.

"자네 질문은 자네 어머니에 한해서라고 했네. 한 번만 더 딴소릴 하면 더 이상 아무것도 알려주지 않겠네."

사내가 고함을 질렀다.

"한 가지만 더 물어보세. 자네가 자네 사부의 제자가 된 것은 자네 사부의 뜻이었나?"

사내는 유한성에게 질문의 기회를 주지 않고 계속 자기 질문을 던졌다.

"아니오. 내가 목숨을 걸고 매달린 때문이었소. 죽을 고비를 몇 번이나 넘기며 매달리자 할 수 없이 제자로 받아들인 것이오."

유한성은 솔직하게 답했다.

그땐 사부께서는 자신이 설사 몇 번이나 죽었다 깨어나도 제자로 받아들일 것 같지 않았다. 그러다 동창의 창위들이 은하표국을 습격했고 그 과정에서 죽을 고비를 넘기며 제자가 되었다.

그런 일이 없었다면 사부는 끝까지 혼자서 살아갔을 것이다.

하지만 사내의 질문을 되새기다 보니 한 가지 떠오르는 것은 있었다.

사부는 때때로 자신의 모습에서 누군가를 투영하는 듯한 느낌을 받았다. 특히 검을 휘두를 때 더욱 그랬다.

지극히 짧은 순간이었지만 사부는 그런 느낌을 주었고 그 후 사부의 몸에서 흐르는 고독의 기운은 더 짙어졌다.

그러나 그건 어디까지나 자신의 주관적인 느낌이었고 사내에게 말해 줄 만한 것이 아니었다.

"그렇다 하더라도 결과는 마찬가지지."

사내는 다시 뜻 모를 말을 중얼거렸다.

유한성은 거듭 혼란스러웠지만 사내의 말대로 그 부분은 자신이 상관할 범위가 아닌 것 같았다. 어머니에 대한 것만으로도 충분했다.

"헛소리는 나중에 저승에 가서 하고 이젠 내 어머니에 대해서 얘기해 보시오."

유한성이 고함을 질렀다.

"저승? 후후!"

사내가 입꼬리를 비틀며 웃었다.

"광오하군. 실력도 그에 걸맞았으면 좋겠지만……."

유한성의 전신을 한 번 훑어본 사내가 말을 이었다.

"자네 어머니는 우리 조직의 일원이었다네."

사내가 폭탄 같은 말을 뱉어냈다.

혈전(血戰)
第九十六章

"조직의 일원?"

유한성이 고함을 치듯 말했다.

이건 대체 무슨 말인가?

돌아가실 때까지 이름조차 알지 못했던 어머니께서 놈들 비밀조직의 일원이었다니?

유한성은 머릿속에서 화탄 하나가 터지는 것 같았다.

"우리가 운영했던 산동성 비밀 주루의 기녀였지. 본명은 모르겠지만 호칭은 삼화였다네."

사내는 차분하게 부연설명을 했다.

'비밀주루? 삼화?'

유한성의 뇌리에서 거듭 화탄이 터졌다.

"대체 무슨 소리를 지껄이는 것이냐?"

유한성이 금방이라도 짓쳐 들듯 손에 든 적운검에 내력을 주입하며 고함을 질렀다.

"자네 어머니가 기녀였다는 것을 몰랐다면 충격이겠지. 받아들이고 싶지도 않겠고……."

사내가 충분히 이해한다는 표정으로 고개를 끄덕인 후 말을 이었다.

"하지만 사실인 것을 어쩌겠나. 자료에 의하면 자네 어머니는 어린 시절부터 우리 조직으로 들어와 고도의 수련을 거친 조직원이었다고 했네. 무공은 익히지 못했지만 사람의 마음을 편하게 해주며 그 사람으로부터 속마음까지 들춰내게 만드는 데는 탁월한 재주가 있다고 했지. 그 능력은 우리에게 많은 도움이 되었지. 그래서 삼화라는 꽤 높은 위치까지 오를 수 있었다고 했네."

사내는 여전히 차분한 목소리로 말을 이었다.

유한성은 금방 달려들 듯한 모습을 했지만 사내의 말에서 한 가지도 거짓을 발견할 수가 없었다.

어머니는 무공은커녕 말년에는 걸어 다니는 것조차 힘들 정도로 몸이 약했다.

그런 누구보다 자신이 잘 알았다.

또한 어머니가 기녀였다는 사실 역시 이젠 확실했다.

사람의 마음을 편안하게 해주며 그 속마음까지 들춰내게
만드는 능력에 대한 부분도 마찬가지다. 아버지 유세연의 마
음을 편하게 해주어 그토록 괴롭히던 진혼사십팔검의 구성
장벽을 뛰어넘고 십성을 바라보게 해주었다는 것으로 보아
사실인 것 같았다.

사내의 말을 들을수록 혼란이 가중되어왔다.

아니, 혼란스럽다기보다는 너무 기가 막혔다.

그동안 아버지를 죽인 흉수와 같은 조직이란 짐작을 하고
있던 홍화교!

그런데 어머니는 그 조직의 일원이었다.

사내의 말에서 한 점 위화감을 느낄 수 없었기에 믿을 수밖
에 없었다.

"그렇게 계속 활동을 했더라면 그녀는 훨씬 더 높은 위치
까지 오를 수 있었을 터인데… 주루에서 만난 한 사내와 사랑
에 빠졌다고 하더군."

사내가 다시 폭탄 같은 말을 토해냈다.

유한성은 직감적으로 그 사내가 자신의 부친인 유세연이
란 것을 알았다.

"자네 모친 같은 일을 하는 우리 조직원은 그런 경우에 대
비해 철저하게 훈련을 받지. 겉으로는 어떤 여인들보다 부드
럽고 다정다감해 보이지만 속은 석녀나 철녀에 가깝지. 그런
데 자네 아버지는 그런 여인의 마음을 허물어뜨린 모양이야.

정말 대단한 사내였던 모양일세. 솔직히 존경심마저 인다
네."

사내는 고개를 주억거렸다.

"그래서?"

유한성이 짤막하게 물었다.

그러나 그의 표정은 돌처럼 굳어 있었다.

"그 이후부터는 짐작이 가는 모양이군."

사내는 유한성의 표정을 읽은 후 말을 이었다.

"짐작대로 자네 어머니는 그동안의 노고를 감안해서 조직
을 떠나게 해줄 것을 간청했지."

사내는 마음이 아픈 듯 약간 비감 어린 표정을 지었다.

"하지만 그걸 허락하기엔 자네 어머니가 아는 비밀이 너무
많았지. 비록 비밀을 누설하지 않겠다고 천지신명께 맹세했
다지만 조직은 그렇게 허술하게 일을 처리할 수가 없었지."

"그래서 당신 조직에서 내 아버지를 죽였나?"

유한성은 피를 토하듯 물었다.

사내는 잠시 말을 멈추고 허공을 쳐다보았다.

"요구가 거절당하자 자네 아버지는 어머니를 탈출시키려
했고 그 과정에서 자네 아버지에게 우리 조직의 대주급 인원
들이 열 명도 넘게 베어 넘어졌지. 각주급 인원들도 세 명이
나 당했다고 하더군. 결국 당주 한 명이 가세해서야 겨우 자
네 아버지를 처치할 수가 있었다고 했네. 정말 대단한 사내란

생각이 들어. 실력도 실력이지만 겨우 기루의 기녀 하나를 빼내겠다고 목숨을 건 혈투를 벌였으니 말일세. 그리고 자신을 희생하면서 여인은 끝까지 탈출시켰다고 하더군."

사내는 여전히 허공을 응시하며 말했다.

우우웅—

검을 쥔 유한성의 손이 격정으로 떨리고 있었다.

또한 꽉 깨문 그의 입술에서 선혈이 흘러내리고 있었다.

그동안 궁금했던 모든 사실이 한꺼번에 풀렸다. 그리고 그 사실은 벼락처럼 전신을 두드렸다.

이제껏 아버지라기보다는 어머니가 죽도록 사랑한 사람으로 다가왔던 사내 유세연!

그리고 당연히 지켜주어야 할 사람을 지켜주지 못한 못난 사내라 생각했던 사내!

하지만 그 사내는 절대로 못난 사내가 아니었다.

자신을 사랑한, 그리고 자신이 마음을 준 여인을 지켜주기 위해 목숨을 걸고 싸우다 흉수의 검에 스러져간 것이다.

비로소 유세연이란 사내에 대한 지독한 그리움이 몰려왔다.

어머니가 사랑한 사내가 아닌, 아버지로서…….

'아버지…….'

유한성의 눈에서 피눈물이 흘러내렸다.

"그 당주란 자의 이름은?"

유한성이 입술을 씹으며 질문을 던졌다.

"그건 의미가 없네. 그동안 교단 내에서의 세력다툼으로 인해 이미 세상 사람이 아닐 수도 있고. 살아 있어 알려준다 하더라도 자네가 원수를 갚을 기회는 없을 걸세."

사내의 눈에서 다시 한줄기 살기가 뻗어 나왔다가 사라졌다.

"언젠가는 알 수도 있겠지. 끝까지 모른다고 해도 상관없고. 홍화교도 모두를 베면 될 테니까."

유한성이 잇새로 말하며 검을 들어올렸다.

아버지의 죽음에 대한 사연을 들으며 격하게 흥분되었던 모습은 검을 들어 올림과 함께 사라지고 어느새 칼날보다 더 차갑게 가라앉아 있었다.

"나이에 어울리지 않는 대단한 평정심이군."

사내가 찬사를 토했다.

"정말 감탄스러워. 그래서 더욱 살려줄 수 없다는 생각이 드는군……."

사내는 천천히 손을 허리로 가져가 검을 뽑았다.

스르룽—

하얀 백광이 양광을 반사시켰다.

그 반사광 속에서 한 마리 용이 꿈틀거리는 듯한 착각이 들었다.

그건 검신에 음각된 용문양이 나타내는 현상이었다. 섬세하게 조각된 용문양이 양광을 반사시키며 검이 살아 있는 듯 꿈틀거리게 만들었다.

한눈에 보아도 절세의 보검이라 할 만한 검이었다.

휘리릭—

사내는 검을 한 바퀴 돌렸다.

보검이 더욱 시린 백광을 뿌리며 꿈틀거렸다.

"자네 한 사람으로 인해 우린 예상보다 훨씬 더 큰 피해를 입었네. 아무리 인연이 깊다 하더라도 그건 묵과할 수가 없는 일이지."

사내는 서서히 살기를 끌어올렸다.

우우웅—

사내의 모습이 갑자기 백팔십도로 다르게 보였다.

이제껏 여유롭고 부드러운 모습은 간데없고 온몸에서 칼날이 돋아나듯 섬뜩한 살기가 피어오르고 있었다.

그러나 유한성 역시 사내의 몸에서 피어오르는 살기에 못지않은 살기를 피워 올리며 사내를 마주했다.

비록 사내가 아버지를 죽인 원수는 아니지만 그 조직의 일원이었다.

그것만으로도 충분했다.

그 조직은 사랑하는 사람을 따라가기 위해 그만 놓아달라는 어머니의 간청을 무시하고 어머니가 죽도록 사랑한 사내, 아버지를 죽였다.

그 조직에 속한 자라면 모조리 죽일 것이다.

우우웅—

유한성의 검에서 피어오른 기운이 땅바닥을 파헤치며 자욱한 흙먼지를 날렸다.

"아들은 어쨌는지 모르겠지만 제자 하나는 제대로 길렀군. 후후!"

사내는 또다시 뜻 모를 말을 중얼거렸지만 더 이상 유한성의 귀에는 들어오지 않았다.

파앗—

유한성이 발끝으로 땅을 박찼다.

쉬이익—

유한성의 몸이 적운검과 함께 한줄기 선이 되어 사내의 가슴으로 쇄도했다.

상체를 튼 사내가 검을 쳐올렸다.

콰앙!

두 자루의 검이 부딪치며 폭발음이 울렸다. 그만큼 서로의 검에 실린 힘이 어마어마했다.

유한성이 튀어 나온 검을 그대로 앞으로 찔러 넣었다.

순간 사내의 신형이 그 자리에서 미끄러지듯 뒤로 이동했다.

발끝을 움직인 것 같지도 않았는데 사내의 신형은 훌쩍 불어온 바람에 날리는 솜털처럼 뒤로 날렸다.

쉬이익—

유한성도 검을 찌른 자세 그대로 앞으로 쇄도해 나갔다.

뒤로 물러나는 사내의 움직임이 조금만 느려져도 유한성의 검이 심장을 관통할 상황이었다.

그러나 그 상태에서 더 이상의 거리가 좁혀지지 않았다.

앞으로 달려가는 것과 뒤로 달려가는 것의 차이가 분명 있을 터인데 사내의 신법은 그것을 무시했다.

츄아악—

비단을 찢는 듯한 소음과 함께 유한성의 검에서 검기가 뻗어 나왔다.

더 이상 좁혀지지 않는 거리를 검기로 지워 버릴 생각이었다.

검기의 그물로 바람을 가두듯 검망쇄풍의 초식이 펼쳐지며 은빛 그물이 사내를 휩쓸어갔다.

깃털처럼 뒤로 날려가던 사내의 신형이 그 자리에 우뚝 멈추었다.

"멋지군!"

사내가 짤막한 탄성을 내지르며 검을 앞으로 쭈욱 뻗었다.

치치치칭—

기이한 음향과 함께 사내의 검신이 지옥의 그물을 모조리 걷어내고 있었다.

유한성의 눈 사이가 급격히 찌푸려졌다.

더 강력한 검기로 자신이 뿌린 검기를 잘라낸다면 이해가
갔다.

그런데 사내의 수법은 그물코의 매듭을 정확히 찾아내어
풀어헤쳐 버리는 것과 같았다.

대체 이건 뭔가?

그건 검망쇄풍의 파훼법이었다.

'어떻게?

유한성은 불신 가득한 눈으로 사내를 쳐다보았다.

어떻게 놈이 마라십이검의 파훼법을 알고 있는 것일까?

그러나 아직은 단정할 수 없다.

쉬이익—

유한성의 검에서 다시 은빛 광채가 쏟아졌다.

츠츠츠츠!

바짝 마른 낙엽이 타오르는 소리가 나며 팔초식 마라혈참
과 구초식 뇌정단운이 연이어 쏟아졌다.

"하앗!"

여유롭던 사내의 표정이 얼핏 굳어지며 어지럽게 검을 휘
둘렀다.

사내의 검에서도 시퍼런 광망이 쏟아졌다.

차차차창—

기음과 함께 검기가 얽혔다.

그리고…….

마라검기가 실타래처럼 풀려서 사방으로 흩어졌다.

유한성의 눈이 차갑게 가라앉았다.

이젠 단정할 수밖에 없었다.

놈은 분명히 마라십이검의 파훼법을 알고 있었다.

어떻게?

대체 어떻게?

유한성은 머릿속이 하얗게 탈색되는 느낌이었다.

그리고 그 탈색된 뇌리로 한줄기 섬광이 스쳐지 나갔다.

처음 만났을 때부터 놈이 뱉어낸 이상한 말들!

사부의 안부를 물었고, 어머니에 대한 것을 알려주는 대가로 사부에 대한 질문들을 쏟아냈다.

분명 사부와 관련이 있는 놈이었다.

어머니에 대한 너무나 충격적인 사실에 그것을 잠시 망각했었다.

"궁금한가?"

사내가 물었다.

유한성은 아무런 대꾸 없이 뚫어져라 사내를 쳐다보았다.

"아까 내가 말하지 않았나. 인연이란 것이 질기고도 모질며 심술궂기까지 하다고."

사내가 피식 웃으며 말했다.

"내 사부님과 어떤 관계지?"

유한성이 차갑게 물었다.

"글쎄… 심술궂은 운명의 실타래에 한쪽 발 정도가 걸려 있다고 해두지."

사내가 비유적으로 설명했다.

"알아듣게 말하라!"

유한성이 목소리를 높였다.

"의미가 있을까?"

사내가 검을 흔들었다.

죽을 놈이 더 알아 봐야 뭘 하겠느냐는 뜻이었다.

"네 어머니에 대한 사실을 알려준 것은 곧 망자가 될 사람에 대한 마지막 호의였다. 더 이상은 아무것도 없다."

사내의 몸에서 광포한 기운이 쏟아졌다. 마치 인세의 기운이 아닌 것 같았다.

'마교!'

유한성은 그 단어를 떠올렸다.

마인들은 아직 한 번도 본 적이 없었지만 저런 종류의 기운이라면 마기라 부를 만했다.

아니, 어쩌면 마기라는 단어로도 부족한 공포스런 기운이었다.

쿠오오오─

사내의 몸 주변에 있는 대기가 연신 비명을 질러댔다.

쉬이익─

사내가 검을 그어 올렸다.

사내의 검에서 시뻘건 불길이 쏟아졌다.

유한성도 세차게 검을 내리그었다.

츄아아앙!

적운검에서 백광의 그물이 터지며 시뻘건 불길을 가두어 갔다.

순간 사내가 검을 흔들었다.

파아앙—

그물처럼 불길을 가두어가던 마라검기가 터져 나가며 더욱 광포해진 불길이 유한성을 덮쳐왔다.

휘이이이잉—

유한성이 검을 크게 흔들어 커다란 원을 그렸다. 그리고 그 원을 세차게 앞으로 밀고 나갔다.

이 갑자의 내력이 스며든 검막이 형성되며 뇌전이라도 팅겨낼 듯 앞을 막았다.

콰앙!

두 개의 기운이 충돌하며 산이 무너질 듯한 굉음이 터져 나왔다.

주르르—

유한성이 두 발자국이나 뒤로 밀려났다. 그리고 밀려난 자리가 길게 자국이 파였다.

반면 사내는 한 발자국 정도 물러난 상태에서 눈을 크게 뜨고 있었다.

예상보다 훨씬 막강한 유한성의 내력에 놀란 모양이었다.

"이 정도였나?"

사내는 탄성을 토했다.

"허창과 정주에서 우리 일이 진척이 없었던 것이 이유가 있었군."

사내는 고개를 끄덕이며 새삼스런 눈으로 유한성을 쳐다보았다.

"말로 싸우는 자인가?"

유한성이 다시 검을 들어올렸다.

팔로 스며든 충격파가 만만치 않았지만 부모님의 원수인 홍화교에 대한 분노가 투지를 더욱 들끓게 만들었다.

"재미있군. 아주 재미있어."

사내가 입술을 비틀며 웃었다.

여전히 자신만만하고 자부심 가득한 미소였다.

미소가 끝나는 순간 사내가 검을 쭈욱 뻗어왔다.

번쩍—

사내의 검첨에서 뇌전이 터지 듯 광채가 작렬했다.

순간, 온 세상이 불길에 휩쓸리는 듯한 착각이 들었다.

유한성은 세차게 검을 휘둘러 사내의 검첨에서 쏟아진 불길을 잘라갔다.

콰아앙—

불길이 장막처럼 갈라지며 빈틈이 생겼다. 그 빈틈 속으로 유한성이 빗살처럼 쇄도해 들었다.

적운검에서도 빛의 그물이 터졌다.

마라십이검의 십초식 천망일섬이었다.

사부 한조산은 강호행을 하며 팔초식 이상은 펼치지 않았다고 했다. 하지만 이 사내에겐 그것이 불가능했다.

어떤 기막힌 사연이 얽혀 있는지 몰라도 이 사내는 마라십이검의 파훼법을 알고 있었다. 그렇다면 가장 익히기 힘들고 가장 난해한 초식을 펼쳐야 한다.

이제 구성의 성취에 이른 마라십이검이었다.

그 후반부 세 초식을 한꺼번에 펼칠 생각이었다.

슈아아앙—

천망일섬의 검기가 그물처럼 터졌다가 어느 순간 한줄기 섬전이 되어 사내의 가슴으로 쏘아졌다.

사내는 이미 예상하고 있었다는 심장 높이로 들어 올린 검을 횡소천군의 수법으로 뿌렸다.

콰아앙—

천망일섬의 검기가 대나무가 쪼개지듯 두 줄기로 쪼개지며 사내의 신형을 비켜 나갔다.

그러나 유한성 역시 그것을 예상한 듯 마라십이검의 나머지 두 초식을 연달아 펼쳤다.

파츠츠츠츠—

대기가 왕창 타들어가는 소리와 함께 마라십이검의 마지

막 두 초식 혼검만천과 천지광망이 연속적으로 펼쳐졌다.

"명불허전!"

사내는 고함과 함께 검을 쳐들었다.

하지만 더 이상 검을 휘두르지 못하고 급히 뒤로 물러섰다.

호흡을 잘라오는 검기 한줄기!

내력을 끌어올리기 직전에 단전을 파고드는 그 검기는 음식을 삼키는 순간 명치에 틀어박히는 주먹처럼 내부를 온통 뒤흔들었다.

쉬이익—

다시 유한성의 검이 사내의 심장을 찔러들었다.

사내는 벌겋게 상기된 얼굴로 사력을 다해 상체를 틀었다.

파앗—

사내의 어깨 한 곳에 핏물이 튀었다.

진기의 흐름이 흩어지며 수유의 순간 늦어진 반응으로 인한 결과였다.

주르르—

어깨에서 흐른 피가 백의를 적시며 팔로 흘러내렸다.

"천한 놈이!"

사내의 눈에 시뻘건 광기가 어렸다.

"천한 기녀의 몸에서 태어난 놈이 감히……."

사내가 화살 맞은 맹수처럼 으르렁거렸다.

"네놈들이 없었다면 어머니는 그런 생을 살지 않았겠지."

유한성의 눈에서도 새파란 광기가 어렸다.

"조직을 위해, 아니, 소수의 네놈들 몇 놈을 위해 다른 사람의 목숨을 파리 목숨처럼 여기는 네놈들이야말로 천박하기 짝이 없는 놈들이다."

파앗—

유한성의 검이 사내의 목을 향해 폭풍처럼 날아들었다.

검을 휘두르려던 사내가 다시 파탄을 느낀 듯 급히 몸을 빼냈다.

"호흡을… 읽는다고?"

번쩍! 하고 안광을 빛낸 사내가 뒷걸음질을 치며 말했다.

단 두 번의 파탄에 사내는 유한성의 공격 특징을 읽은 것이다.

깡!

쨍강!

"역시 그렇군!"

사내는 연방 뒷걸음질을 치면서도 확신 어린 고함을 질렀다.

파앗—

사내의 허리 어림 한곳에서 다시 선혈이 튀었다.

"우리 교단에도 그런 비급이 몇 있었지. 하지만 하수들에게나 통한다고 해서 거들떠보지도 않았는데……."

사내는 거듭 자신의 호흡을 잘라오는 유한성의 공격에 감탄의 눈빛을 했다.

절정을 넘어선 자신의 호흡을 읽는 유한성이 도저히 믿어지지 않는 것이다.

"그걸 몰랐으면 계속 당하겠지만 안 이상 이젠 힘들걸. 후후!"

사내는 어깨와 허리에서 흘러내리는 선혈을 지혈할 생각도 않고 차갑게 웃었다.

쿠우우우—

사내의 몸 주변에 있던 대기가 어지럽게 요동을 쳤다. 그에 따라 흙먼지들도 춤을 추며 솟구쳤다.

유한성은 눈살을 찌푸렸다.

호흡을 자르며, 진기의 흐름을 자르며 두 번이나 공격을 했지만 놈은 어깨와 허리 어림에 작은 상처밖에 입지 않았다.

처음부터 느꼈지만 놈은 공포스러울 정도로 고수였다.

"어디 다시 한 번 잘라보아라!"

사내는 고함과 함께 검을 들어올렸다.

온통 붉은 색감이 감도는 호흡이 사내의 몸에서 미친 듯이 감돌았다. 그리고 그 어느 곳에서도 처음과 끝을 찾을 수 없었다.

"홍화만천(紅火滿天)!"

사내는 고함과 함께 검을 뿌렸다.

콰아아앙—

사내의 검에서 온 세상을 뒤덮을 듯한 불길이 쏟아졌다.

마기가 아니었다.

수련을 하는 동안 사부로부터 마교의 무공과 마기에 대해서도 들었다.

그들의 무공은 역천의 무공이기에 자신의 생명을 갉아먹는 한계가 있다고 했다. 그러나 사내의 검에서 쏟아지는 기운은 그 한계를 느낄 수가 없었다.

츄아악―

유한성의 검에서도 새하얀 백광이 뻗어 나갔다.

백광은 한줄기에서 갑자기 사방으로 터지며 홍화만천의 기운을 맞받아쳤다.

콰콰콰콰콰콰쾅!

두 기운이 부딪치며 거대한 불기둥이 허공으로 솟구쳤다.

그리고 정적이 찾아왔다.

"대단하군!"

사내가 먼저 감탄사를 토했다.

그의 상의가 너덜하게 변해 있었다.

"쿨럭!"

뒤이어 유한성이 기침을 토해냈다.

기침 속에서 선혈이 한줄기가 쏟아졌다.

출관한 이후 처음으로 겪는 내상이었다.

사내의 검에서 쏟아진 기운은 한계를 넘어선 곳에서 밀려오는 파도와도 흡사했다. 그러면서도 철벽처럼 견고했다.

"쿨럭!"

유한성이 한 모금의 선혈을 더 토해냈다.

두 번의 기침과 함께 진탕되던 기혈이 진정되었다.

"이제야 비로소 네가 얼마나 천한 놈인지 자각할 수 있겠지?"

사내가 빈정거렸다.

"내 싸움은 지금부터다. 그리고 진짜 천한 것이 어떤 것인지 스스로 느끼게해 주겠다."

말이 끝남과 동시에 유한성이 땅을 박찼다.

까앙―

콰앙!

"천한 놈! 그런 공격으로 날 어찌할 수 있을 것이라 생각했나."

사내가 유한성의 검초를 거듭 걷어내며 말했다.

촤르르―

사내의 검첨에서 다시 홍화의 불길이 쏟아졌다.

츄아악―

유한성이 그 불길 속으로 그대로 뛰어들었다.

"미친……."

사내가 눈을 부릅떴다.

불길 속에서 검이 목을 노리고 들어왔다.

대경한 사내가 급급히 뒤로 피하며 검을 휘둘렀다.

촤아악!

유한성이 다시 불길 속으로 몸을 던지며 검을 휘둘렀다.

사내의 얼굴이 핼쑥해졌다.

이런 불길이면 본능적으로 옆이나 뒤로 피해야 한다. 그 순간 최상의 다음 공격이 이어진다.

하지만 놈은 최소한의 방비만 한 채 그 불길 속으로 곧장 뛰어들어 검을 휘둘렀다.

'상대를 베기 위해서라면 만 장 절벽이라도 거침없이 뛰어내릴 놈이다.'

사내는 다시 뒷걸음질을 쳤다.

깡!

깡!

콰콰쾅!

소낙비처럼 검이 쏟아졌고 초식을 펼칠 틈도 없이 마주쳐 갔다.

"천한……."

천한 수준을 넘어 미친개가 따로 없다.

물씬 노린내가 풍겨왔다.

불길에 탄 유한성의 머리카락과 살갗에서 풍겨오는 냄새였다.

째째째쨍!

다시 소낙비 같은 검이 쏟아졌다.

그것을 막으며 사내는 연신 뒷걸음질을 쳤다.

태어나서 이렇게 거듭 뒷걸음질을 쳐 보기는 처음이었다.

콰콰쾅!

다시 폭음과 함께 불똥이 튀어 올랐다.

노린내가 더욱 진동했다.

노린내와 함께 반쯤 익어 흘러내린 육즙마저 튀는 것 같았
다.

"천한 놈이!"

사내는 눈살을 찌푸리며 뒷걸음질을 쳤다.

"검을 휘두르면서 상대보다 자신을 더 살피는 놈이 진짜
천한 놈이다."

유한성이 고함과 함께 더욱 몰아쳤다.

지독한 투지가 고스란히 투영된 검초가 해일처럼 몰려왔
다.

사내는 더 빠르게 뒤로 물러섰다.

"그래 봐야 계란으로 바위치기일 뿐이다."

공간을 확보한 사내가 검을 잡지 않은 왼손을 이상한 방향
으로 흔들었다.

사내의 왼손에서 아수라의 문양이 그려졌다.

파아앙—

사내의 손에서 무지막지한 장력이 쏟아졌다.

퍼엉—

장력을 가슴에 적중한 유한성이 이 장 가까이 뒤로 날려갔
다.

오른손으로 검을 휘두르면서도 왼손으로 그런 막강한 장
력을 터뜨리는 것은 절정을 넘어서도 한참 넘어섰다.

"크윽!"

바닥을 뒹군 유한성이 한 사발이나 되는 선혈을 토했다.

다시 혈맥이 진탕되었다.

세혈 몇 가닥은 끊어진 것도 같았다.

가슴을 통해 몰려든 이질적인 기운이 온몸을 감돌았다.

마기보다 더 강한, 온 혈맥을 태울 듯한 불의 기운이었다.

유한성은 급히 현천심공을 운기했다.

진탕된 혈맥이 조금 가라앉았다. 그러나 이미 일 갑자의 공
력은 소모된 것 같았다.

우우웅—

이번에는 사내의 검첨에서 아수라의 문양이 어렸다.

유한성은 다시 한 번 현천심공을 운기했다.

그 순간 사내의 검이 쭉 뻗어왔다.

유한성도 세차게 검을 쳐올렸다.

콰앙—

적운검이 박살이 나며 터져 나갔다.

그사이로 사내의 검이 심장을 꿰뚫어왔다.

푸욱—

필사적으로 몸을 튼 유한성은 왼쪽 어깨를 내어주며 손을 뻗었다.

자루만 남은 적운검이 사내를 향해 날아갔다.

퍼억!

사내의 가슴에 적운검이 박혀들었다.

아니, 자루만 남았기에 검이 박혀든 것이 아니라 그냥 둔탁한 둔기처럼 사내의 가슴을 두드린 것이다.

"큭!"

사내가 짤막한 비명을 토하며 뒤로 물러났다.

파앗!

유한성의 왼쪽 어깨에 박힌 검이 빠져나가며 선혈이 튀었다.

사내의 얼굴이 야차처럼 구겨졌다.

급히 호신강기를 끌어올렸지만 가슴이 미친 듯이 울렁거렸다.

조금만 늦었으면 심장이 터졌을지도 몰랐다.

그런 무식한 수로 자신의 가슴을 가격할 줄 몰랐던 사내는 이를 뿌드득 갈았다.

"이젠 마지막이다. 이 골수까지 천한 놈!"

사내가 검을 쳐들었다.

유한성은 두 손을 치켜들었다.

검에 어깨가 찔린 왼쪽 팔은 감각을 잃고 들어 올려지지도
않았다.

오른손 역시 천근만근 무거웠다.

사내의 검에서 스며든 열기가 온몸을 태울 듯 이글거렸다.

하지만 끝까지 포기할 수 없었다.

어머니에게 비참한 생을 강요한 놈들!

아버지를 죽인 놈들!

모조리 죽일 것이다.

우우웅―

유한성의 손에 현천강기가 어렸다.

처음 수련했을 때처럼 미약한 기운이었다.

하지만 마지막 한 줌의 진기라도 짜내어 놈에게 대항하고
싶었다.

"그만 가거라, 이 지겨운 놈!"

사내의 검이 바람을 갈랐다.

한 치의 망설임도 없이 목을 노리고 떨어지는 검이었다.

유한성은 강기를 끌어올린 손으로 검을 쳐 나갔다. 그러나
만근처럼 무거운 손은 너무 느렸다.

손이 마주치기 한발 앞서 검이 떨어져 내렸다.

유한성은 필사적으로 몸을 틀었다. 그러나 신형의 움직임
역시 손만큼 느렸다.

第九十七章

진령검(震靈劍)

챙!

날카로운 검명과 함께 유한성의 목을 향해 떨어져 내리던
검이 급격히 방향을 바꾸며 튀어 올랐다.

막강한 힘에 부딪친 검로의 이탈이었다.

목표를 놓친 사내가 와락 눈살을 찌푸리며 좌측을 쳐다보
았다.

그곳에서 한 중년인이 다가오고 있었다.

중년인의 손에 작은 돌멩이 몇 개가 들려 있었다. 그것으로
사내의 검을 쳐낸 모양이었다.

사내는 이글거리는 눈으로 중년인을 주시했다.

유한성 역시 부릅뜬 눈으로 중년인을 쳐다보았다.

그는 며칠 전 외당 당주 백리찬과 연락을 주고받는 첩자들을 제거하고 돌아오는 길에 마주쳤던 그 사람이었다.

무림맹 총단 입구에서 제갈단영과 함께 걸어가던 중년인!

궁금증으로 불식간에 내부를 살피려 할 때 곧바로 고개를 돌려 쳐다보던, 가슴을 철렁하게 만들었던 그 중년인이었다.

"쯧쯧!"

중년인이 혀를 찼다.

유한성의 몰골을 본 때문이었다.

머리카락과 의복은 물론, 온몸에 화상을 입은 유한성은 사람의 몰골이 아니었다.

마치 무덤 속에서 한 달 정도 썩었다가 나온 시체 같았다.

중년인은 곧장 유한성에게로 다가왔다. 그리고는 유한성의 맥문을 잡았다.

너무나 자연스러운 행동에 유한성은 물론, 홍화교의 사내도 멍하니 쳐다보고만 있었다.

우우웅―

맥문을 통해 너무나 청량한 기운이 흘러들었다.

"운기하거라!"

중년인이 조용히 말했다.

유한성은 눈을 부릅떴다.

맥문을 통해 흘러드는 기운은 천만뜻밖에도 현천심공의

기운이었다.

유한성은 귀신을 본 듯 중년인을 쳐다보았다.

현천심공은 현천검문의 독문 심법이다.

자신이 아는 한 현천심공을 익힌 사람은 사부를 포함한 다섯 사형제, 그리고 그분들의 사부님이신 사조님이다.

그분들이 각각 제자를 키웠다면 더 있겠지만 자신이 아는 바로는 사부님 위로 두 명의 사형이 있었고 아래로도 역시 두 명의 사제가 있다고 했다.

사부님의 바로 위 사형이신 적월검 사백님은 돌아가셨고 바로 아래 사제이신 청하검 사숙은 지금 현천검문 문주를 맡고 있으며 사부님과는 몇 살 차이가 안 난다고 하셨다.

그 아래 막내 사숙은 진령검이라 하셨는데 사부님과는 열 살도 훨씬 넘게 차이가 난다고 하셨다.

연배로 따지면 이 중년인은 사부님의 막내 사제인 진령검 사숙이 분명했다.

"진령… 검 사숙?"

유한성이 망연한 표정으로 중얼거렸다.

"운기에만 집중하거라."

부정도 긍정도 하지 않은 중년인이 조용하지만 엄하게 말했다.

유한성은 선 자세 그대로 눈을 감고 운기에 빠져들었다.

지금 이 상태에서 홍화교의 사내가 검을 뿌리면 치명적인 결과를 맞는다는 것을 알았지만 진령검 사숙이 분명해 보이는 중년인의 평온한 태도에 아무런 걱정도 들지 않았다.

우우웅—

한없이 정순한 내력이 스며들며 진탕되고 뜨겁게 타올랐던 혈맥이 빠르게 진정되어갔다.

유한성은 중년인의 내력을 깊이 음미했다.

사부께서는 구성을 넘어 십성에 이르고 대성을 이루는 것은 현천검문 사람들을 만나 가르침을 받지 않으면 불가능하다고 했다.

그만큼 현재의 자신과 그들의 깨달음에는 차이가 있다는 말이었다.

그 차이가 어떤 것인지 수박 겉핥기식으로나마 느끼고 싶었다.

가장 먼저 느껴지는 차이는 진기의 흐름에 있었다.

너무나 부드럽게 흐르는 진기의 흐름!

대하처럼 도도한 느낌은 같았지만 그 흐름의 부드러움은 사부에 비할 바가 아니었다. 그 부드러운 흐름은 그 어떤 진기와 섞여도 무리가 없을 것 같았다.

그 부드러운 흐름이 홍화교 사내의 공격으로 흘러든 열기를 식히며 씻어 나갔다.

"이젠 저곳에서 가부좌를 틀고 앉아서 운기하거라."

진기의 흐름을 잡아준 중년인은 부드러운 음성으로 지시

했다.

유한성은 중년인이 가리킨 바위 뒤로 가서 가부좌를 틀었다.

그리고는 삼매에 빠져들 듯 운기에 빠져들었다.

"현천검문에서 나오셨습니까?"

지금껏 말없이 지켜보던 홍화교의 사내가 중년인을 향해 물었다.

"그만 돌아가거라."

중년인이 조용한 어조로 말했다.

"제가 그렇게 해야 할 이유가 있을까요?"

홍화교 사내가 대꾸했다.

"살 수 있는 단 한 번의 기회니까."

중년인이 여전히 조용한 음성으로 말했다. 그러나 그 음성 속에 서린 기운은 무언가 거역할 수 없는 힘을 느끼게 했다.

홍화교의 사내는 잠시 말문을 닫고 중년인을 응시했다.

"비록 악연이지만 한 가닥 인연을 생각해 한 번은 기회를 주겠다."

중년인이 다시 말했다.

홍화교 사내의 눈꼬리가 미세하게 떨렸다.

호승심이 불끈 솟아올랐다.

죽어도 좋으니 현천검문 문도들과 검을 섞고 싶었다.

입술을 씹은 사내의 뇌리에 한줄기 목소리가 울렸다.

‘현천검문 사람들을 만나거든 무조건 피해라.’

은은한 두려움이 섞인 사부의 목소리였다.

평소 사부의 모습을 떠올리면 그건 너무도 이질적이었다.
그래서 더 거역할 수가 없었다.

“다시 뵙지요.”

홍화교 사내가 빙글 등을 돌렸다.

눈꼬리에서 시작된 떨림이 이젠 어깨에까지 전이되었다.

치욕을 감수하는 강자들의 모습이었다.

“네 교주에게 전해라. 여전히 야욕을 버리지 못하고 세상
을 어지럽히려 한다면 더 이상은 묵과하지 않겠다고…….”

중년인이 단호하게 경고했다.

홍화교 사내는 잠시 걸음을 멈추었다.

그의 어깨에 이는 떨림이 더 커졌다.

“한 자도 빠뜨리지 않고 그대로 전하지요.”

잠시 후 사내가 억눌린 음성으로 답하고는 땅을 박찼다.

휘익—

사내의 신형이 순식간에 작은 점이 되어 사라졌다.

휘익—

휘이익—

사내가 사라진 후 무림맹의 사람들이 급급히 날아 내렸다.

유한성과 홍화교의 사내가 접전을 벌이며 터져 나온 폭음
을 듣고 모두 달려온 것이다.

무림맹 수뇌부들을 비롯해 수십 명의 청년도 섞여 있었다.

"어찌 된 일이오?"

"누가 이렇게?"

사람들이 고함을 쳤지만 중년인은 아무 말 없이 유한성 옆에 서서 손만 들어올렸다.

비로소 유한성이 삼매에 빠져 있는 것을 안 사람들이 입을 닫고는 유한성이 깨어나기만을 기다렸다.

유한성을 쳐다보는 그들의 눈에는 긴장감이 흘렀다.

삼매에 빠져 있기는 했지만 유한성의 몰골은 말이 아니었다.

왼쪽 어깨에 있는 검상은 한눈에 보기에도 예사롭지가 않았다. 어깨 뒤쪽까지 나 있는 상처는 관통상이 분명했고 신경을 건드렸다면 왼팔은 영원히 쓰지 못할 수도 있었다.

거슬려진 머리카락이나 피부 또한 가벼운 상처가 아니었다.

제대로 회복되지 못한다면 얼굴이 일그러져 흉측한 괴물처럼 보일지도 몰랐다.

스스스—

모든 시선이 집중된 가운데 한 식경이 흐른 후, 유한성의 몸에서 기이한 음향이 울렸다.

동시에 그의 백회혈에서 한줄기 붉은 기운이 솟구쳐 올랐다.

홍화교 사내의 공격에 당하며 혈맥으로 스며든 화기가 밖으로 배출되는 것이었다.

석상처럼 서 있던 중년인이 비로소 몸을 움직여 유한성의 백회혈에 손바닥을 갖다 댔다.

우우웅—

진동음이 흘러나오며 유한성의 몸이 떨리기 시작했다.

추워서 떠는 그런 모습이 아니라 부드러운 진기에 몸이 반응하며 미세하고 빠르게 공진하는 모습이었다.

그 떨림이 한 식경은 더 이어졌다.

"어엇!"

누군가 경호성을 터뜨렸다.

화상을 입었던 유한성의 피부도 화기를 배출하며 제 색깔로 돌아오고 있었다. 아울러 일그러진 부분도 원래의 모습을 되찾았다.

저런 상태로 상처만 덧나지 않는다면 흉측한 괴물을 되지 않을 것 같았다.

"후욱—"

다시 한 식경이 흐른 후 긴 날숨과 함께 유한성이 삼매에서 깨어났다.

"괜찮은 것이냐?"

중년인이 인자한 음성으로 물었다.

"괜찮습니다. 진령검 사숙이신지요?"

대답과 함께 유한성이 질문을 던졌다.

중년인이 묵묵히 고개를 끄덕였다.

"사숙께 예를……"

"다음에 해도 늦지 않다."

유한성이 몸을 일으키려 하자 진령검이 가볍게 유한성의 어깨를 누른 후 무림맹 수뇌부를 쳐다보았다.

"내 사질을 좀 치료해 주시겠소?"

진령검이 나직하게 말했다.

"어서 들것을 마련하고 약왕당으로 모셔, 아니, 데려가라."

중년 사내 하나가 고함을 지르자 청년들이 분주히 움직였다.

"대인!"

제갈진이 진령검을 향해 다가왔다.

비록 제갈단영이 비밀로 하고 있었지만 그는 진령검이 딸의 은인임을 짐작하고 있었다.

"딸을 구해준 은혜 평생 잊지 않겠습니다."

제갈진이 뒤늦게 인사를 했다.

"괘념치 마시오."

진령검은 가볍게 고개를 끄덕인 후 호법을 서듯 들것에 실려 가는 유한성을 따랐다.


"대체 어찌 된 일이오? 그리고 저 사람은 누구시오?"

잠시 후 무림맹 사람들이 제갈진에게 질문을 던졌다.

모두들 진령검의 정체가 너무 궁금했다.

무공을 펼치는 모습은 보지 못했지만 단지 유한성의 백회에 손을 대는 것만으로도 유한성의 내상을 빠르게 다스리는 모습에서 절정을 훨씬 넘은 고수임을 짐작했다.

"나도 아는 게 없소. 낭검단주가 사숙이라 불렀고 그 역시 낭검단주를 사질이라 칭했으니 청해마검의 사제라는 것만 미루어 짐작할 뿐이오."

"청해마검의 사제?"

모두 이구동성으로 읊조리며 진령검의 뒷모습에 시선을 못 박았다.

그러나 진령검의 시선은 들것에 실린 유한성에 고정된 채 산을 내려가고 있었다.

*　　　*　　　*

무림맹 외당 당주의 죽음은 무림맹 총단에 있어 기둥뿌리 몇 개가 와르르 무너져 내리는 것이나 마찬가지였다.

여러 당주 중 한 사람이었지만 외당은 무림맹의 울타리인지라 더욱 중했다. 그런 그가 홍화교의 첩자였다는 사실은 무림맹을 뿌리째 흔드는 엄청난 충격이었다.

또한 그 사실은 그동안 무림맹이 홍화교의 손아귀에서 놀아난 것이나 마찬가지라는 느낌에 무림맹의 사기는 땅에 떨어졌고 무림맹은 얼마 지나지 않아 와해될 것이라는 소문까지 떠돌았다.

실제로 변방의 지부에서는 짐을 싸서 집으로 돌아가는 사람들도 많아 무림맹의 앞날은 바람 앞의 촛불 같은 신세가 되었다.

군사 제갈진은 이번 사태의 책임을 통감하고 맹주에게 군사직에서 물러날 뜻을 밝혔다.

의형이자 자신이 외당 당주로 천거한 백리찬이 홍화교의 첩자였으니 그의 책임이 가벼울 수 없었다.

그런 마음에 사의를 밝혔으나 맹주 선운 진인은 고개를 흔들었다.

제갈진 역시 다른 사람들처럼 감쪽같이 속았으니 책임을 물을 수 없고 오히려 첩자를 색출하는데 큰 역할을 했으니 책임을 상쇄하고도 남는다고 했다.

그렇게 흔들리는 조직을 가까스로 추스른 무림맹은 쓰러지기 직전의 나무집 같은 느낌을 주었다.

하지만 그러는 중에서도 희망을 갖게 만드는 사실은 첩자를 사전에 색출하고 쳐냈다는 것이다.

만약 끝까지 첩자를 색출하지 못하고 스스로 마각을 드러낼 때까지 갔더라면 무림맹은 그 자리에서 왕창 무너져 회생 불능의 상태에 빠졌을 것이다.

그런 최악의 상태를 면하고 스스로 상처를 도려냈다는 사실은 회복도 가능하다는 말이었다.

그 출혈이 무척이나 크고 회복의 기간도 오래 걸리겠지만 손도 못쓸 정도로 상처가 깊어지기 전에 도려냈다는 것이 중요했다.

또한 백척간두의 순간에 유한성을 구해낸 초절정의 고수 진령검의 존재는 그 무엇보다 마음을 든든하게 만들었다.

모두들 그의 무위가 무림맹주 선운 진인에 못지않을 것이라고 입을 모았고 어쩌면 맹주도 우러러 보아야 할 천외천의 고수라며 경외감을 주체하지 못했다.

그가 약왕당에 버티고 있는 이상 홍화교도 경거망동하지 못할 것이라는 생각과 함께 무림맹은 안도의 한숨을 내쉬었다.

그렇게 무림맹 총단의 모든 시선은 약왕당으로 향했다.

지나가는 사람들은 모두 고개를 길게 빼어 약왕당 쪽을 쳐다보았고 그곳에서 흘러나오는 작은 말소리 하나에도 모든 촉각을 곤두세웠다.

그렇게 무림맹의 모든 시선이 모인 약왕당의 시선은 또 한 곳으로 집중되어 있었다.

그곳은 유한성이 누워 있는 침상이었다.

이틀 동안 곁을 지키던 사숙 진령검은 유한성의 어깨 상처에 필요한 약초를 구하기 위해 며칠 자리를 떴기에 유한성은 침상에 혼자 누워 있었다.

하지만 약왕당주 고양한(高梁漢)과 의생들이 하루에도 몇 차례나 들러 유한성의 상처를 살폈기에 이젠 귀찮을 지경까지 되었다.

홍화교의 사내와 생사지투를 벌이며 온몸에 화상을 입은 유한성을 처음 보았을 때 약왕당주 고양한은 자신도 모르게 고개를 절레절레 흔들었다.

젊은이들이 든 들것에 실려 온 유한성의 몰골은 석쇠에 올려 숯불에 반쯤 굽힌 생선 같았다.

머리카락과 함께 온 피부 조직은 익어 있었다. 그런 상태라면 혈맥도 뒤틀려 혈이 제대로 흐르지 못할 것이었다.

더없이 안타까운 생각이 들었다.

장차 무림의 큰 기둥이 될 신성의 탄생이었는데 피기도 전에 시들게 생겼다는 생각에 절로 탄식이 터져 나왔다.

그런 생각과 함께 맥문을 잡은 고양한은 깜짝 놀라 눈을 부릅뜨고 말았다.

비록 겉모습은 심한 화상 환자였지만 혈맥은 전혀 손상되지 않고 건장했으며 그 혈맥을 타고 흐르는 진기 역시 어떤 고수들 보다 강하게 흐르고 있었다.

놀란 고양한은 피부조직도 살폈다.

겉보기는 흉측했지만 피부조직 역시 화기가 완전히 빠져나가고 회복단계에 있었다.

그리고 며칠이 더 지나자 그 상처들은 급격히 아물며 보통 사람들의 수십 배는 빨리 회복되어 갔다.

그 빠른 회복속도에 약왕당주 고양한은 이건 마치 도마뱀의 꼬리 같은 재생력이라며 고개를 절레절레 흔들었다. 그리고 하루에도 몇 번씩 들락거렸다.

하지만 유한성에 있어서 그건 새로운 경험도 아니었다.

하수린을 처음 만나던 날 말발굽에 채여 몇 달은 자리보전을 할 것이라 했지만 며칠 만에 회복이 되었다.

그 능력이 지금도 발휘된 것이다.

왼쪽 어깨의 관통상은 꽤 깊었지만 신경은 건드리지 않아 차후에 팔을 쓰는 데는 이상이 없었다.

완전히 회복되려면 시간이 제법 걸리고 큰 흉터도 남겠지만 이 정도로도 천운이었다.

"괴사야. 그리고 자넨 괴물이고!"

고양한은 오늘도 고개를 절레절레 흔들며 유한성의 상처를 살폈다.

열기에 반쯤 익었던 피부는 예전보다 피부색이 조금 옅어졌지만 화상의 흔적은 완전히 떨쳐냈다. 또한 어깨의 상처 역시 급속히 빠르게 회복되며 조금씩 움직일 수도 있었다.

"혹시 마공을 익혔나?"

고양한이 유한성을 빤히 쳐다보며 물었다.

자신의 상식으로 이해가 되지 않으니 마공을 갖다 붙인 것이다.

고양한의 질문에 유한성은 아무런 답을 하지 않은 채 잠자코 창밖만 내다보았다.

육체적인 상처보다 홍화교 사내에게 당한 정신적 상처가 더 컸다.

그 상처를 다스리기 위해 그동안 악착같이 현천심공에 매달렸다. 그리고 어느 정도 회복이 되어가고 있었다.

"내 평생 자네 같은 친구는 처음일세."

고양한은 다시 고개를 흔들었다.

육체적 상처뿐만 아니라 정신적 상처도 이렇게 빨리 떨치는 인간은 본 적이 없기 때문이었다.

"이제 더 이상 내 도움은 필요 없을 것 같네. 어깨 상처도 금창약만 빠뜨리지 않고 발라준다면 한 달 안에 아물 것이네. 아니, 어쩌면 그보다 빠를지도 모르고. 또……"

넋두리를 좀 더 늘어놓으려던 고양한이 벌떡 상체를 세웠다.

병실 문이 열리며 몇 명의 인영이 들어서고 있었다.

"맹주님을 뵙소이다!"

고양한이 고개를 숙이며 더하지도 덜하지도 않은 예를 차렸다.

고양한의 목소리에 유한성은 비로소 시선을 돌리며 나타난 인영들을 쳐다보았다.

신선 같은 풍모의 노인이 먼저 눈에 들어왔다.

현 무림맹주이자 화산파 장문인인 선운 진인이었다.

그 뒤로 총관 남궁정한과 제갈단영의 모습이 보였다.

유한성은 자리에서 몸을 일으키려 했다.

"그대로 있게!"

신선 같은 풍모의 노인, 선운 진인이 가볍게 손을 저었다.

그러자 그의 손에서 흘러나온 잠력이 부드럽게 유한성의 몸을 감싸며 침상에 도로 앉게 했다.

"맹주님이시네."

약왕당주 고양한이 얼른 선운 진인을 소개했다.

유한성은 앉은 상태에서 고개를 숙였다.

정도 무림맹의 맹주!

명실상부한 정파무림의 우두머리!

그를 만났다는 사실이 쉽게 믿어지지 않았지만 이렇게 대면하고 있었다.

"괜찮은가?"

잠시 유한성을 살펴보던 선운 진인이 물었다.

"괜찮습니다."

유한성이 짤막하게 답했다. 그리고 담담히 선운 진인의 시선을 받았다.

구파일방의 한 축인 화산파의 장문인인 선운 진인의 기도는 허허로웠다.

마치 존재는 느껴지지만 보이지도 잡히지도 않는 바람 같았다.

사숙 진령검에게서 느낀 감흥이 선운 진인에게서도 느껴졌다.

"명불허전이로군!"

한동안 유한성과 시선을 마주하던 선운 진인이 빙그레 웃으며 말했다.

옆에 선 총관 남궁정한도 보일 듯 말 듯한 미소를 흘렸다.

"정말 수고가 많았네. 그리고 고맙네."

잠시 유한성의 전신을 살핀 선운 진인이 치하를 했다.

유한성은 묵묵히 듣고만 있었다.

"그런데… 일전에 자네가 싸웠던 그자에 대해서 아는 게 있는가?"

남궁정한이 무거운 음성으로 물었다.

유한성이 약왕당으로 오자마자 묻고 싶었으나 그때는 온몸은 물론이고 얼굴마저 화상을 입어 입을 움직이는 것도 힘들어보였다. 그래서 오늘 처음으로 묻는 것이다.

"저 역시 별로 아는 게 없습니다. 단지 놈이 이공자라는 호칭으로 불리는 것으로 보아 홍화교 교주의 둘째 제자쯤으로 짐작됩니다."

유한성이 아는 대로만 밝혔다.

"한데 자네는 어떻게 그놈과 대결을 벌인 것인가?"

외당 당주 백리찬과 싸우던 유한성이 도주하는 백리찬을 따라 밖으로 몸을 날렸을 때는 그를 추적하는 줄 알았는데 뜻밖에도 유한성은 홍화교의 놈과 대결을 벌인 것이 이해가 가지 않았다.

"집법당을 나섰을 때 놈이 전음을 날렸습니다. 아마도 절 처치할 목적으로 나타난 모양입니다."

"자네를?"

남궁정한이 눈 사이를 좁혔다.

"그래서 놈을 쫓았고 추적을 했습니다만……."

유한성은 말꼬리를 잘랐다. 그 이후부터는 모두가 아는 사실이었다.

"그럴 만도 하지. 허창과 정주, 그리고 이곳에서 자네가 놈들에게 입힌 피해가 막심했을 테니 말일세."

남궁정한이 충분히 수긍이 간다는 듯 고개를 끄덕였다.

그들에게 유한성이 입힌 피해는 정도 무림맹 전체가 입힌 것보다 몇 배는 더 컸다. 특히 총단에 심어놓은 첩자까지 색출해 버린 것은 놈들의 계획에 큰 차질을 줄 정도일 것이다.

"그러고도 남겠지. 어쨌든 자네가 이렇게 빨리 회복되니 다행일세."

선운 진인이 긴 한숨을 내쉬었다.

"자네 덕분에 무림맹은 회복불능으로 왕창 무너지는 참사를 면했네. 그 보답을 어떻게 할까 밤새 고민했지만 떠오르지 않아 미루어 두기로 했네. 우선은 몸부터 추스르게. 그런 연후에 자네의 활약에 합당한 상을 내리겠네. 허허!"

선운 진인이 담담한 미소와 함께 유한성의 등을 가볍게 두드렸다.

그 순간 유한성은 등줄기의 혈 한곳을 통해 기이한 기운이 흘러드는 것을 느꼈다.

그 기운은 한없이 청량하면서도 만년 거암처럼 무거웠다.

[지금은 단전에 갈무리만 해두게. 그리고 언젠가 기회가 닿거든 써먹게]

선운 진인의 전음이 들렸다.

유한성은 자연스럽게 눈을 감으며 운기를 시작했다.

눈을 떴을 때 선운 진인은 여전히 자신의 등을 두드리고 있었다.

최소한 한 시진은 지난 것 같았는데 등을 몇 번 두드리는 시간밖에 흐르지 않은 것이다.

"그럼 가보겠네. 하루 빨리 쾌차해서 걸을 수 있을 정도가 되면 내 방으로 꼭 들르게."

유한성의 등에서 손을 뗀 선운 진인은 바람처럼 등을 돌려 실내를 벗어났다.

유한성은 멍하니 무림맹주 선운 진인을 쳐다보았다.

등을 두세 번 두드리는 그 짧은 순간 선운진인은 내공 한 가닥을 전해주었다.

그 내공의 정체가 무언지는 몰라도 절대로 해로운 것은 아닐 것이다.

몸이 먼저 그걸 느끼고 있었다.

그리고 어떤 힘을 발휘할지는 차차 알게 될 것이다.

"정말 고맙네!"

이번에는 총관 남궁정한이 유한성의 노고를 치하했다.

유한성은 잠자코 고개만 숙였다.

"쯧쯧! 말을 하면 명줄이 짧아지기라도 한다더냐?"

약왕당주 고양한은 맹주에 이어 남궁정한에게도 마찬가지로 무뚝뚝하기 짝이 없게 대하는 유한성을 보며 혀를 찼다.

"타고난 성정인 것을 어쩌겠소."

남궁정한이 유한성을 대신해 변명했다.

"비록 내손으로 놈을 죽이진 못했지만 그놈과 같은 하늘 아래에서 살지 않게 된 것만으로도 막혔던 가슴이 조금은 뚫린다네."

남궁정한은 긴 한숨을 내쉬고는 말을 이었다.

"처음 만났을 때 약속한 대로 자네와 자네 가문은 평생 가슴에 품고 살겠네. 그리고… 이걸 받게."

남궁정한은 이제껏 왼손에 들고 있던 상자 하나를 유한성에게 내밀었다.

"이게 무엇입니까?"

유한성이 상자를 쳐다보며 물었다.

"검을 잃었다고 들었네. 그래서 하나 구했네."

남궁정한이 차분한 음성으로 말했다.

유한성은 상자를 열고 검을 쳐다보았다.

웅장하면서도 살아 꿈틀거리는 듯한 용무늬가 양각된 검집만 보아도 보검이라는 것을 짐작할 수 있었다.

유한성은 다친 왼쪽 팔은 움직이지 않고 오른손으로만 검을 뽑았다.

스르룽—

혼탁한 마음을 씻어주는 듯한 청량한 음향과 함께 검신이 반쯤 모습을 드러냈다.

검신에도 금방 튀어 나올 듯한 용무늬가 음각되어 있었다.

"허어—"

약왕당주 고양한이 불식간에 탄성을 토했다.

그 역시 무인인지라 보통 보검이 아니라는 것을 알아본 것이다.

"제겐 과분한 검이군요."

잠시 동안 검을 살펴본 유한성이 고개를 들며 말했다.

"아니, 그 반대일세. 자네에겐 많이 부족한 검일세."

남궁정한이 완강하게 고개를 저었다.

"사치나 공명을 싫어하는 자네 성격에는 조금 안 어울리는 부분도 있겠지만 놈들을 상대하려면 자네의 힘을 제대로 뿌릴 수 있는 검이 필요하네. 아직 이름도 안 지은 놈이니 자네가 짓고 자네 분신으로 만들게.”

남궁정한이 덧붙였다.

“어디서 구하셨소?”

고양한이 검에서 눈을 떼지 못한 채 물었다.

웅장한 용문과 현철보다 강하다고 일컬어지는 운철이 섞인 이만한 물건이라면 소문이라도 날 법한데 전혀 들은 적이 없는 검이었다.

“사실은… 아들놈의 성취가 더 높아지면 주려고 만들었던 놈이오.”

남궁정한의 목소리에 통한이 어렸다.

아들에게 주려던 검을 주지 못하고 다른 사람에게 주는 심정이 오죽하랴.

“그런 검이라면 더더욱 받을 수가 없군요.”

유한성이 남궁정한을 향해 검을 내밀었다.

자신에게는 너무 무거운 검 같았다. 그래서 그걸 휘두르려면 그만큼 힘들 것도 같았다.

“날… 약속을 어기는 소인배로 만들지 말게.”

남궁정한의 목소리가 갈라졌다.

말뜻을 알아듣지 못한 유한성이 남궁정한을 응시했다.

“자네가 그 검을 휘두르는 이상 난 자넬 언제나 가슴에 품고 살 수 있을 것이네. 그러니 받아주게.”

아들의 원수를 찾아주면 그 은혜를 평생 가슴에 품고 살겠다는 약속을 말하는 것이었다.

"……."

"부탁이네……."

남궁정한의 음성이 만근의 무게로 내려앉았다.

"알겠습니다."

유한성은 더 이상 거절하지 못하고 검을 받아들었다.

그 자체의 무게보다 훨씬 무겁게 느껴지는 검이었지만 자신과 인연이 닿은 물건이라면 그 무게가 오히려 장점으로 작용할 것이다.

유한성은 잠시 검을 내려다보다가 완전히 뽑아 들어올렸다.

우우웅─

한 가닥 내력을 주입하자 검이 화답을 하듯 진동음을 토했다.

파앗─

유한성은 검인에 팔뚝을 갖다 대어 피를 흐르게 했다. 그리고 그 피를 검신에 흘렸다.

우우웅─

피를 먹은 검이 생명을 띠는 것처럼 기이한 광채를 토했다.

주인의 피를 머금자 전혀 다르게 느껴지는 검이었다. 그건 마치 천진난만한 아이가 갑자기 세상사를 훤히 아는 어른으로 변하는 것 같은 느낌이었다.

"자네 마음에 드는 것으로 이름을 짓게."

검의 변화를 쳐다본 남궁정한이 이채 띤 눈으로 말했다.

"적룡(赤龍)으로 하겠습니다."

유한성이 머뭇거림 없이 답했다.

검신에 조각된 음각의 용문에 피가 흘러들자 붉은 용 한 마리가 금방이라도 튀어나올 듯 일렁거렸다.

"좋은 이름이군."

남궁정한이 고개를 끄덕였다.

"아주 잘 어울리는 이름일세."

약왕당주 고양한도 상기된 표정과 함께 붉게 채색된 용문에 눈을 떼지 못했다.

똑같은 검이 갑자기 이렇게 달라 보이는 것은 일찍이 경험하지 못했다. 남궁정한이 유한성에게 내밀었을 때는 쉽게 마주하기 힘든 보검이긴 했지만 그래도 한 자루 검이었는데 유한성의 피를 머금은 지금은 살아 숨 쉬는 생명체처럼 느껴졌다.

주인의 명령이 떨어지면 지체 없이 달려 나와 상대의 목줄을 물어뜯을 맹수!

지금 적룡검은 그런 느낌이었다.

"그럼 이만 가보겠네. 하루빨리 쾌차해서 다시 봄세."

남궁정한도 맹주 선운 진인처럼 표홀하게 실내를 벗어났다.

“험험! 그럼 얘기들 나누게. 난 약초 말린 것을 걷으러 가야겠네.”

제갈단영만 남게 되자 고양한은 헛기침과 함께 자리를 피했다.

고양한이 떠난 후에도 제갈단영은 한동안 아무 말도 하지 않고 침묵을 지켰다.

유한성은 그녀가 말을 할 때까지 묵묵히 지켜보기만 했다.

며칠 사이 그녀의 얼굴은 반쪽이 되어 있었다.

그녀가 그동안 겪은 일을 생각하면 이렇게 서 있는 것도 힘들 것이란 생각이 들었다.

첩자를 색출하는데 결정적인 역할을 했지만 그로인해 의백을 잃었다. 그런 복잡한 심사로 인해 무슨 말을 먼저 꺼낼지 모르고 있는 것이리라.

“괜찮습니까?”

결국 유한성이 먼저 말을 꺼냈다.

제갈단영이 힘들게 고개를 끄덕였다. 그런 그녀의 얼굴이 점점 더 핏기를 잃어갔다.

담담하게 자신을 쳐다보고 있었지만 유한성의 가슴에서 뜨겁게 이글거리는 복수심!

지금 그것이 느껴졌다.

용암처럼 들끓는 복수심은 만년 거암처럼 담담하던 유한성의 평정심마저 무너뜨릴 정도로 강했다. 그래서 이제껏 아무엇도 느껴지지 않던 내면이 느껴지는 것이다.

제갈단영의 표정변화를 느낀 유한성이 긴 호흡과 함께 마음을 가라앉혔다.

비로소 제갈단영도 길게 심호흡을 하며 안정을 찾았다.

“군사님은?”

유한성이 다시 질문을 던졌다.

“칩거에 들어가셨어요.”

제갈단영이 무거운 음성으로 답했다.

“고마워요.”

제갈단영이 말을 이었다.

“제 영혼을 짓누르던 가장 큰 무거움을 들어내 주신 은혜, 평생 잊지 못할 겁니다.”

제갈단영이 유한성을 향해 깊이 고개를 숙였다.

유한성은 얼른 잠력을 뻗어 맹주 선운 진인이 자신에게 했던 것처럼 제갈단영을 제지했다.

“대신 그 못지않은 상처를 남겨준 것 같아 마음이 무겁군요.”

유한성이 담담히 말했다.

“언젠가는 도려내야 할 크나큰 종기와 같은 환부였지요. 사전에 짜내지 못하고 종국에까지 이르렀다면 그 무게에 눌려 죽었을 겁니다. 이젠 홀가분하게 집으로 돌아갈 수 있을 것 같아요.”

제갈단영이 입술을 깨물며 말했다.

"집으로 가실 생각입니까?"

"네. 의백… 곁에 있는 아버님이 걱정되어 이를 악물고 여기까지 따라왔지만 이젠 한계에 달한 것 같아요."

제갈단영이 긴 한숨을 내쉬었다.

그 한숨에서 진원진기까지 토해져 나오는 것 같았다.

"소저의 능력으로 부친을 구했으니 그것만큼 장한 일은 없을 것이오."

유한성이 제갈단영을 위로했다.

반쪽이 된 제갈단영의 얼굴에 흐릿한 미소가 번져 나갔다.

"세상이 평온해지면 가문으로 한 번 들러주십시오. 오라버니와 함께 술 한 잔 대접하고 싶습니다."

제갈단영이 작별인사를 했다.

"기회가 닿으면……."

유한성이 무겁게 고개를 끄덕였다.

"그럼……."

고개를 숙인 제갈단영은 마치 대법이 성공하기 전의 하수린과 흡사한 모습으로 약왕당의 실내를 벗어났다.

유한성은 묵묵히 그녀를 쳐다보았다.

남들이 갖지 못한 능력으로 인해 불행해진 그녀였다. 하지만 그 능력으로 부친을 구했으니 이젠 편히 쉴 수가 있을 것이다.

언젠가 그녀와 술을 한 잔 같이할 수 있을 기회가 닿을지는 알 수가 없다. 평온한 세상이 오면 그러자고 했지만 혼란은 지금부터 시작될 것 같았다.

그 혼란은 언제 끝이 나고 평온한 날이 올 것인가?

어쩌면 강호는 영원히 평온할 수 없는 세상일지도 모른다. 그러기에 그녀와의 술 한 잔은 영원히 불가능한 일일지도…….

유한성은 긴 한숨을 내쉬었다.

第九十八章
사부의 과거

오로지 검에만 미쳐 살던 한 사내가 있었다.

검로를 갈고닦기 위해 숨 쉬는 시간마저 아까워했기에 검 외에 다른 세상은 몰랐다.

그의 사부는 그런 외곬의 그를 염려해 열흘 동안의 휴식을 명하며 사문 밖으로 내보냈다.

사문을 벗어났지만 검에 미친 사내는 사문 근처의 길조차 낯설어 숲 속을 정처 없이 떠돌았다.

그러던 사흘째, 사내는 계곡 한쪽에서 날카로운 여인의 비명을 들었다.

굶주린 늑대 무리에 둘러싸인 여인이 지른 비명이었다.

사부의 지시에 따라 애검마저 소지하지 않았지만 사내의 손에 잡히는 것은 작은 회초리 하나라도 검이나 마찬가지였다.

싸리나무 가지 하나를 꺾은 사내는 순식간에 열 마리도 넘는 늑대들을 때려눕히거나 쫓아 버렸다.

구사일생으로 목숨을 건진 여인은 긴장이 풀리자 그 자리에서 혼절하고 말았다.

사내는 여인을 계곡 안쪽의 바위 위에 누이고 정성껏 간호를 했다.

경국지색까지는 아니었지만 여인은 무척 아름다웠다. 특히 세상을 모르는 사내의 눈에 비친 그녀는 선녀나 다름없었다.

사내가 여인의 아름다움에 넋을 놓고 쳐다보고 있을 때 여인은 비로소 정신을 차렸다.

정신은 차렸지만 극심한 공포에 사로잡힌 여인은 제정신을 차리지 못하고 온몸을 덜덜 떨며 비명만 내질렀다.

하루를 더 계곡에서 여인을 돌보던 사내는 여전히 차도가 없자 그녀를 자신의 문파로 데려와 사부와 사형제들과 함께 치료했다.

그곳에서 열흘이 지난 후 여인은 제정신을 차렸다. 그리고 사내를 졸졸 따라다녔다.

비록 나이 차이가 많이 났지만 두 사람은 서로에게 깊은 정을 주었고 사내는 비로소 검뿐만 아닌, 다른 세상도 알게 되었다.

그렇게 몇 달이 지난 후 사내는 여인의 임신 소식을 듣게 되었고 세상이 떠나가도록 환호성을 지르며 기뻐했다.

반쯤 팔불출이가 되었지만 그의 사부도, 사형제들도 사내를 흉보지 않았다. 오히려 자신들의 일처럼 기뻐했다.

그 후 여인은 사문의 막내 제자로, 사내의 아내로 살아가게 되었다.

임신 육 개월이 되던 어느 봄날, 악몽에서 깨었을 때 사내는 여인의 빈자리를 느꼈다.

한 시진이 지나고 한나절이 지나도 여인을 찾지 못해 허둥대던 사내에게 청천벽력 같은 말이 들려왔다.

사문의 비급서 한 권이 여인과 함께 사라졌다는 것이다.

그 비급서는 사문 무공의 가장 근간이 되는 것으로 무엇보다 중요한 것이었다.

사내는 여인이 그 비급서를 훔쳐가지 않았다고 애써 두둔했지만 증거는 명확했다.

서고에 찍힌 어지러운 발자국은 여인의 것이었고, 또 그곳에는 여인이 평소 달고 다니던 노리개까지 떨어져 있었다.

이후 근 한 달을 실혼인처럼 지내던 사내는 어느 날 여인처럼 사문에서 사라졌다.

그리고 청해성에는 청해마검이라는 비정한 고수 한 명이

탄생했다.

약초를 구하러 갔다가 며칠 만에 돌아온 진령검은 유한성의 상태가 빠르게 호전된 것을 본 후 사문과 사형에 얽힌 이야기를 해주었다.

'사부…….'

유한성은 너무나 기막힌 심정에 아무 말도 하지 못하고 멍하니 창밖만 쳐다보았다.

내부가 진탕되며 아물어가던 상처가 덧나는 느낌마저 받았다.

사문과 사형제들에 대해서는 칭찬을 아끼지 않던 사부였지만 자기 자신에 대해서는 한 마디도 하지 않았다.

그 심정이 십분 이해가 되었다. 그리고 그간 사부의 삶이 어떠했을지 생각하니 가슴이 미어지는 것 같았다.

언제나 괴팍하고 손속에 한 치 자비도 없다고 생각했던 사부!

하지만 사부가 겪은 일을 생각하니 이해가 되고도 남았다.

꽈악!

유한성은 입술을 씹으며 애써 마음을 가라앉혔다.

"나중에 안 일이지만 그 여인은 홍화교의 사람이었다."

다시 들려온 사숙의 말에 유한성은 재차 혼란에 빠졌다.

홍화교!

어머니의 삶과 아버지의 목숨을 앗아간 조직이었다.

그 이름이 사부와도 관련이 있었다.

비로소 홍화교의 사내가 질기고도 심술궂은 인연이니 뭐니 하던 말이 이해가 되었다.

정말 그 사내의 말대로 운명의 사슬은 복잡하고도 어지러웠다.

어머니와 아버지, 그리고 사부!

그사이에 있는 자신!

심술궂기 짝이 없는 운명의 질긴 사슬이 모두를 한꺼번에 묶고 있다는 생각이 들었다.

그 난해하고도 질긴 운명의 씨줄 날줄이 또 어떤 그물을 짜 나갈지 모르겠지만 지금까지만 해도 숨이 막힐 듯 답답했다.

"그때 그놈이 사부님을 보고 고모부님이라고 했던 것 같은데……."

유한성은 놈의 헛소리로 치부했던 말을 떠올렸다. 그때는 무슨 말인지 이해가 안 가 잘못 들은 줄 알았는데 분명 고모부라 부를 수도 있었다는 말을 들은 것 같았다.

"그렇다면 사형을 유혹한 여인은 그자의 고모란 말이군."

진령검도 어지러운 운명의 그물에 마음이 무거운지 긴 한숨을 내쉬었다.

유한성도 무거운 한숨을 내쉬었다.

놈이 마라십이검의 파훼법을 아는 것이 비로소 이해가 되었다.

사부를 유혹하여 현천검문의 비급을 훔쳐간 여인이 고모라면 가능한 일이었을 것이다.

그 여인으로부터 그 비급의 무공이 놈에게 전해진 것이리라.

"그런데 홍화교는 현천… 검문을 어찌 알았는지요?"

유한성은 조심스럽게 질문했다.

"이젠 사문이라고 부르거라."

사숙 진령검은 유한성의 실수를 지적했다.

유한성은 묵묵히 고개를 숙였다.

"홍화교는 탄생할 때부터 중원을 침공할 준비를 하고 있던 집단이었다. 오래전, 우연히 그곳의 교주가 내 사부님을 만나 비무를 한 모양이었다. 비무에서 크게 놀란 그자는 우리 사문이 있는 한 자신의 야욕을 달성하기 힘들다는 것을 알고는 오랜 계획 끝에 그 여인을 사문에 침투시킨 것이지."

언제나 노 도인처럼 잔잔하던 진령검의 눈에서 분노의 기운이 흘러나왔다.

"여인이 사라진 후 사문을 뛰쳐나온 사형께서는 온 청해성을 뒤집어서라도 여인을 찾으려 했다. 그리고 한 자락 꼬리를 잡았다."

유한성은 자신도 모르게 침을 삼켰다.

"사형의 끈질긴 추적에 의해 자신들의 본거지가 드러날 위험성을 느낀 놈들은 꼬리를 자르기로 결정한 모양이었다. 어느 날 여인은 사형의 아들을 안고 사형 앞에 나타났다. 그리고 아들을 안겨주며 용서를 빌었다."

진령검은 잠시 말을 멈추었다.

그의 표정에 짙은 고뇌가 어렸다. 아마도 사형 한조산의 심정을 헤아리며 가슴이 아픈 모양이었다.

유한성도 두 눈을 부릅떴다.

사부와 홍화교에 얽힌 비사는 더욱 처절한 것 같았다.

"하지만 사형은 완강했고 더 이상 가망이 없다고 생각한 여인은 사형 앞에서 독단을 깨물고 자진했다."

진령검의 음성이 떨려나왔고 유한성은 질끈 눈을 감았다.

사부의 삶은 자신이 짐작한 것보다 수십 배는 더 처절했다.

"적월검 사형께서 네 사부님을 찾았을 때, 네 사부님은 거의 폐인이 되어 있었다고 하셨다. 그나마 미치지 않고 견뎠던 것은 품에 안긴 아들 때문이었을 것이다. 적월검 사형은 근 열흘 동안 네 사부님과 같이 지내며 사문으로 돌아갈 것을 권했지만 네 사부님의 뜻을 꺾지는 못했다. 그리고 어느 날 네 사부님은 아들과 함께 사라졌다."

진령검은 긴 설명을 마치고 차를 한 모금 마셨다.

손이 떨리며 찻물이 흘러 앞섶을 적셨지만 그는 그것을 느끼지도 못하는 것 같았다.

"그 후 네 사부님의 종적은 묘연하기만 했다. 그러다 작년 말쯤 청해마검의 전인이 나타났다는 소문을 들었다. 그것이

내가 이곳에 온 이유이니라."

진령검은 애잔한 눈으로 유한성을 쳐다보았다.

유한성에게서 사형의 모습을 찾는 모양이었다.

"잘 키웠구나."

진령검이 빙그레 웃었다.

그러나 유한성은 사숙의 눈길도 느끼지 못한 채 멍하니 앞만 보고 있었다.

무슨 이런 심술궂은 운명이 다 있는가?

심술궂은 정도가 아니라 처절한 운명의 그물이었다.

아버지를 죽이고 어머니의 생을 송두리째 앗아간 홍하교!

놈들은 사부의 생까지 비참한 지경으로 몰아넣었다.

유한성은 다시 입술을 깨물었다. 그리고 마음을 다잡았다.

혼란한 심정에 어디에라도 기대거나 눕고 싶은 심정이었지만 궁금증 한 가지가 마음을 재촉했다.

"사부님의 아들은?"

유한성은 떨리는 음성으로 질문했다.

"네 사부님이 아들과 함께 떠난 이후의 행적에 대해서는 아는 것이 없다. 질문을 하는 것을 보니 너 역시 아는 게 없는 모양이구나."

진령검이 더 궁금한 표정을 했다.

유한성은 가슴이 더욱 무거워지는 것을 느꼈다.

사부에게 아들이 있었다는 것을 오늘 알았다. 그런데 처음 만났을 때부터 사부는 혈혈단신이었다.

사부님의 아들은 어떻게 되었을까?

'제발!'

유한성은 속으로 절규를 토했다.

아주 드물긴 했지만 자신을 보며 누군가를 찾던 사부의 눈빛!

그 찾는 사람이 아들이었다면?

그리고 사부님의 아들마저 잘못 되었다면?

사부님에게 닥친 운명의 손길은 너무 잔인했다.

'제발!'

유한성이 다시 절규를 삼켰다.

"짐작 가는 것이 있느냐?"

충혈된 유한성의 눈을 보며 진령검이 물었다.

유한성은 세차게 고개를 흔들었다.

"아닙니다. 아닐 겁니다. 사부님을 만나 보시겠습니까?"

애써 부정한 유한성이 서둘러 물었다.

"그러려고 왔으니… 잘 계시겠지?"

"잘 계십니다. 계신 곳을 가르쳐 드리겠습니다."

유한성은 전음으로 사부께서 계신 음풍장에 대해서 상세히 설명해 주었다.

"다행이구나."

진령검이 긴 한숨을 내쉬었다.

"지금 떠나시겠습니까?"

유한성은 한시라도 빨리 두 사람이 만나는 것을 바라며 재촉했다.

"잘 계신다는 것을 알았으니 이젠 좀 여유를 가져도 되겠지."

진령검이 깊은 눈으로 유한성을 쳐다보았다.

"전 괜찮습니다. 그러니 어서 사부님을……."

유한성은 다시 재촉했다.

너무나 처절한 생을 살아온 사부님께 사형제들을 만나게 해 주고 싶은 마음이 간절했다. 그로인해 여생이나마 조금은 덜 외롭게 사셨으면 했다.

"삼십 년도 넘게 기다린 일이다. 조금 더 늦는다고 달라질 것은 없다."

진령검이 차분하게 말한 후 유한성을 쳐다보았다.

"그보다 더 급한 일이 있느니라. 따라오너라."

진령검이 신형을 일으켰다.


*　　*　　*


"사문을 떠난 네 사부님께서 이름을 바꾼 것인지, 다른 사람들이 그렇게 지었는지 모르겠지만 마라십이검법의 원래 이름은 현천성라검법(玄天星羅劍法)이다. 그래서 네 사부님의 별호는 성라검(星羅劍)이지.”

약양당 근처 지하 연공실에서 유한성과 마주 앉은 진령검이 차분하게 설명했다.

‘성라검…….’

유한성은 사부의 또 다른 별호를 속으로 되뇌었다. 청해마검이라는 패도적인 별호와는 너무도 다른 느낌의 별호였다.

청해마검은 아마도 사부의 검법을 본 다른 사람들이 지은 것이리라.

“사문에는 총 열 개의 검법이 있다. 그중 가장 익히기 힘들고 위력적인 것이 네 사부님께서 익힌 현천성라검법이다. 익히기 힘들기에 제자들 중 오성이 가장 뛰어난 사람에게 내려지는 것이 또 그 검법이다. 우리 다섯 사형제들 중 네 사부님께서 가장 오성이 뛰어나셨다. 여인의 유혹에 빠지지 않았다면 누구보다 먼저 대성에 이르고 문주가 되셨을 텐데…….”

진령검이 탄식을 토했다.

“하지만 놈은 현천성라검법의 파훼법을 알고 있었습니다.”

유한성이 억눌린 음성으로 말했다.

“그놈의 고모가 현천검문 무공의 근간이 되는 비급을 훔쳐 갔으니 가능한 일일 수도 있겠지. 그러나 성취가 십성에 이르면 아무리 비급을 훔쳐갔다고 하더라도 파훼할 수 없다.”

진령검이 말했다.

“그럼 십성에 이르지 못하면 사문의 모든 검법은 놈들 손
에 파훼될 수 있습니까?”

유한성이 다시 물었다.

“예전까진 그랬지만 이젠 아니다. 그간 사부님께서 대성에
이른 후 자신이 얻은 심득으로 모조리 새롭게 창안했으니
까.”

진령검이 고개를 저으며 답했다. 그런 그의 얼굴에 자부심
이 어렸다.

“제가 익힌 마라십이검, 아니, 현천성라검법도…….”

“새로이 창안된 현천성라검법을 익히면 놈도 결코 파훼하
지 못할 것이다.”

진령검이 유한성의 말을 자르며 답했다.

“또한 십성의 성취에 이르면 놈들 사부라 하더라도 충분히
상대할 수 있을 것이다. 십성의 길은 결코 쉬운 일이 아니지
만 정신일도 하사불성이라 했느니라. 팔을 이리 내 보거라.”

진령검이 타이르듯 말하며 유한성의 완맥을 잡았다.

“그 나이에 이 갑자의 내력을 쌓았다니…….”

진령검이 탄성을 토했다.

홍화교의 사내와 싸움 직후에는 진기가 흩어지고 진탕되
어 제대로 가늠이 되지 않았는데 며칠 사이에 완전히 회복된
진기는 놀람을 감추지 못하게 했다.

“기연이 있었습니다.”

유한성이 솔직하게 답했다.

"현천심공은 기연만으로 그런 내력을 쌓을 수 없다. 창자가 끊어지는 고통을 하루에도 몇 번은 경험해야 가능하다."

진령검은 유한성의 고통을 충분히 이해하며 고개를 끄덕였다.

"현천성라검법의 성취는 어느 정도이더냐?"

진령검이 물었다.

유한성이 펼치는 것을 보면 당장 알 수 있겠지만 어깨의 상처 때문에 그럴 수 없는 처지라 직접 물어본 것이다.

"최근 겨우 구성을 넘어섰습니다."

"허어!"

진령검이 다시 탄성을 토했다.

"그 수준이면 네 사부님보다 오히려 빠른 성장속도구나. 허허!"

진령검이 흡족한 미소를 지었다.

사형인 한조산은 스물다섯이 되어서야 구성을 넘어섰다고 들었다. 그리고 십성을 향해 매진하는 과정에서 홍화교 여인의 유혹에 빠졌다.

하지만 그의 제자는 스물을 겨우 넘긴 나이에 구성에 이르렀다.

'잘 가르쳤구려, 사형! 사문을 향한 절절한 그리움이 그렇게 만든 것이겠지요.'

　진령검은 사형 한조산을 떠올리며 잠시 먼 곳을 쳐다보았다.

　"하지만 구성에서 십성으로 가는 길은 그간의 과정을 다 합친 것보다 어려운 일이다. 그건 자신만의 심득이 있어야 가능한 일이기도 하고……."

　다시 설명을 하던 진령검이 긴 한숨을 내쉬었다.

　십성의 과정이 얼마나 어려운지 잘 알기에 자신도 모르게 나온 한숨이었다.

　유한성 역시 그 길이 얼마나 어려울 것인지 짐작이 갔다.

　사부보다 빠르게 구성에 이른 것은 대법의 성공과 함께 배로 늘어난 공력 때문에 가능했다. 그러나 더 이상은 그런 기연이 없을 것이다.

　"네가 아무리 천재라 하더라도 지금 당장 십성에 이르는 것은 불가능하다. 우선은 현천심공의 오의부터 다시 뜯어보도록 하자. 그 과정을 수없이 반복해야만 이해의 폭이 넓어지고 종국에는 심득을 얻을 수 있을 것이다."

　유한성의 맥문에서 손을 놓은 진령검은 유한성과 마주앉았다.

　"지금부터 현천심공을 다시 전하도록 하겠다. 그리하여 심공의 폭을 더 넓히고 난 연후에야 사부님께서 새로이 창안하신 현천성라검법을 익힐 수 있을 것이야. 집중하거라."

　말을 마친 진령검은 입술을 달싹거렸다.

전음으로 구결을 전해주고자 하는 모양이었다.

유한성은 고막에서 바로 울리는 사숙의 음성에 온 신경을 집중했다.

진령검 사숙이 전음으로 불러주는 현천심공 구결은 자신도 익히 아는 것이었다. 사부에게서 배운 그대로였고 그동안 수없이 되뇌었던 것이었다.

하지만 유한성은 조금도 주의를 흩트리지 않고 사숙의 음성에 집중했다.

사숙의 전음이 계속되었다.

심공에 집중하던 유한성은 그것이 반복될수록 서서히 색다른 느낌을 받기 시작했다.

구결의 내용은 달라진 것이 없었다.

다른 느낌으로 다가온 것은 현천심공 구결에 실린 음성의 고저장단이었다.

그 고저장단의 느낌이 구결 자체를 다르게 느끼게 만들었다.

'음공?'

유한성의 뇌리로 섬광 한줄기가 지나갔다.

고저장단의 느낌은 음공의 일종이었다.

진령검 사숙은 말로 표현할 수 없는 자신의 심득을 음공으로 유한성에게 전해주고 있었다.

아니, 느끼게 해주고 있었다.

같은 책을 읽는다고 해도 그 내용에 대한 이해는 사람마다 다를 수 있다.

깊이 사유하고 각골난망으로 뜻을 새긴 사람과 수박겉핥기식으로 읽은 사람의 이해 정도는 천양지차일 것이다.

말로는 설명이 불가능했지만 사숙이 음공으로 전해주는 현천심공의 구결은 이제껏 자신이 느끼고 있던 심공에 대한 이해의 폭을 배는 더 넓게 해주었다. 그런 느낌으로 다가왔다.

사부께서 십성에 이르고 대성을 이루고 싶다면 현천검문 사람들의 도움을 받지 않으면 불가능하다고 했다.

그 이유를 알 수 있을 것 같았다.

지금 경험하고 있는 이런 느낌은 말로나 글로 표현한다는 것은 불가능했다.

그것은 의식과 의식의 교감을 통해서나 가능한 일이다. 그 교감을 사숙 진령검은 음파를 통해 전해주고 있었다.

유한성은 그동안 자신이 수련했던 심공구결을 완전히 잊어버리고 사숙이 전해주는 구결에 의식을 일치시켰다.

쏴아아—

대해의 깊고도 잔잔한 물결이 구결을 따라 흘러들었다.

사부의 숨결을 처음 대했을 때 느꼈던 대해의 물결이었고 자신이 익힌 심공의 근간이었다. 그러나 사숙이 전해주는 그 대해의 물결은 뭔가 또 달랐다.

훨씬 더 깊고 훨씬 더 넓었다.

유한성은 그 흐름을 모조리 받아들였다.

훨씬 깊고 넓은 흐름은 지금까지의 모든 것을 새로운 시각에서 볼 수 있게 만들었다.

쏴아아—

쏴아아—

도도한 흐름이 한 시도 쉬지 않고 심공의 구결을 따라 흘러들었다.

하지만 모든 것에는 한계가 있는 법!

어느 순간부터 그 흐름이 유한성의 의식 범위를 넘어서고 있었다.

시간이 지날수록 어떻게 그렇게 깊고 넓을 수 있는지 받아들이기 힘들 정도가 되며 의식과 심공 구결에 급격한 괴리(乖離)가 생기기 시작했다.

콰앙!

자신의 능력으로는 도저히 받아들이기 불가능할 것 같다는 생각이 드는 순간, 무언가가 세차게 뇌리를 두드렸다.

사숙이 음공으로 전해주는 현천심공의 한 구결에 실린 음파였다.

막힌다고 생각하는 순간에 구결에 실린 음파가 뇌리 한 부분을 두드린 것이다.

뇌리 한쪽에서 하얗게 섬광이 터졌다.

쏴아아—

막혔던 벽 한곳이 터져 나가며 훨씬 더 넓고 도도한 물결이 스스럼없이 밀려들었다.

괴리되었던 구결과 의식이 다시 하나로 합쳐졌다.

이젠 아무런 거리낌 없이 그 물결들을 받아들일 수 있었다.

그리고 그것은 현천심공에 대한 자신의 성취로 굳어져갔다.

유한성은 자신이 누구인지도 잊은 채 사숙이 전해주는 구결 속으로 녹아들었다.


사흘이 지났다.

그동안 유한성은 진령검 사숙으로부터 음파로 전해진 현천심공의 구결에 녹아들어 시간의 추이를 잊었다.

촛불이 타들어간 길이로 시간을 가늠할 뿐이었다.

초는 두 개가 모두 타고 세 개째도 조금 밖에 남지 않았다. 그것마저 다 타면 나흘째로 접어든다.

그동안 식음도 잊은 채 사질 유한성에게 끊임없이 음파로 현천심공을 전해준 진령검의 얼굴은 눈에 띄게 수척해져 있었다.

반면 유한성은 거듭된 성취의 환희에 얼굴 가득 희열의 기운이 넘쳐흘렀다.

"후우—"

마지막 구절을 다 전해 준 진령검이 긴 한숨을 토하며 물러나 앉았다.

그러나 유한성은 여전히 삼매에 빠져 꼼짝도 않고 있었다.

'너무 닮았어…….'

유한성을 쳐다보는 진령검의 눈빛이 깊게 일렁거렸다.

아들도 아닌데 유한성은 사형 한조산을 너무 닮았다.

그 독한 끈기와 한 가지에 매달리면 식음을 전폐하고 빠져드는 모습은 어릴 적 우러러 보았던 사형 한조산의 모습 그대로였다. 그래서 서로 운명적으로 만난 것 같다는 생각이 들었다.

'늘그막에 고생깨나 했겠습니다, 사형!'

진령검이 고개를 절레절레 흔들며 고소를 지었다.

스스로 끈기 하나는 자신 있다고 생각했는데 유한성을 대하고 보니 처절한 패배감을 맛본 것이다.

돌부처에, 쇠고집에, 삼끈 같은 신경을 가진 아이란 생각이 들었다.

비로소 그 짧은 기간에 그만한 성취를 이룬 이유를 알 것 같았다. 동시에 사형이 얼마나 노심초사했을지 짐작이 갔다.

애초에 보름을 잡고 매달릴 생각이었다.

그것도 빨라야 그렇게 될 것이라 생각했다.

그런데 사흘이었다.

세 개의 초가 다 타들어가기도 전에 구결의 전수가 끝난 것이다.

쉬는 시간이 없었고 연방 코피를 쏟으면서도 매달렸다.

나중에는 그만 쉬었다 하자고 애원을 할 정도가 되었다. 그러나 유한성은 고개를 흔들었고 숨을 돌릴 시간도 없이 다시 시작해야 했다.

홍화교의 사내에게 패한 충격이 오기와 독기로 고스란히 터져 나온 때문이기도 하겠지만 타고난 성정이 그런 것이다.

심공을 전수하는 사흘 동안 주화입마의 우려 때문에 한잠도 자지 못하고 지켜보았는데 이젠 그럴 단계는 넘어섰다.

비로소 쉴 수 있을 것 같았다.

긴장이 풀리니 졸음이 무겁게 쏟아졌다.

진령검은 침상에 올라 가부좌를 틀었다. 그리고 현천심공에 빠져들었다.

第九十九章
이중첩자

“벌컥!”

독한 화주 한 잔이 목구멍으로 넘어갔다.

목이 타는 듯한 느낌이 순식간에 뇌리까지 치솟아 올랐다.

“쿨럭!”

다시 한 잔의 화주를 삼키던 사내는 기침을 토했다.

기침 속에서 선혈 한 가닥이 묻어나왔다.

치명적일 정도는 아니지만 기침과 함께 선혈을 토하게 만들었다는 것은 참을 수 없는 일이다.

꽈직!

손바닥 안에서 옥으로 만든 술잔이 으스러져 가루가 되었다.

"현천검문……."

사내는 입술을 씹으며 중얼거렸다.

기침은 가슴에 입은 내상 때문이었다. 물론 그 내상은 유한 성이 던진 손잡이만 남은 검에 의한 것이다.

검이 손잡이만 남을 정도로 박살 나고 온몸이 타들어가 머리카락 타는 냄새와 살이 익는 냄새가 진동하는데도 놈의 투지는 꺾이지 않았다. 오히려 더욱 충천한 독기와 함께 검기 속으로 뛰어들며 손잡이만 남은 검을 던졌다.

그 검에 맞은 가슴에서 아직도 통증과 함께 선혈이 솟구친다.

놈의 검이 손잡이에서 한 뼘만 더 남아 있었더라도 그것이 살을 파고들어 심장을 찢었을 것이다.

그때를 생각하면 모골이 송연하다.

특히 몇 달은 썩은 시체 같은 모습으로 불길 속에서 튀어나와 검을 던질 때 마주쳤던 놈의 눈은 절대로 잊을 수 없다.

온 세상을 다 태워 버릴 듯한 이글거리는 분노와 독기!

인간의 눈에서 그런 기운이 쏟아질 수 있다는 것이 믿어지지 않을 정도였다.

비록 반쯤 송장을 만들어 놓았지만 승리감을 느낄 수 없었다. 오히려 가볍지 않은 패배감에 살이 떨렸다.

그리고 뒤에 나타난 현천검문의 문도!

기도를 짐작할 수 없었고 무공의 깊이 또한 가늠이 불가능했다.

가슴에 입은 내상이 아니더라도 도저히 상대할 자신이 없었다.

사부가 왜 그렇게 그들을 피하라고 했는지 이젠 이해가 갔다.

벌컥!

다시 술 한 잔을 털어 넣었다.

더 이상 기침은 터져 나오지 않았다. 하지만 가슴은 답답하기만 했다.

태어나서 이런 패배감은 처음이다.

사부와 비무에서도 느끼지 못한 진득한 패배감!

그것은 발을 헛디뎌 하수구 속에 빠졌다 나온 것만큼 속을 뒤집었다.

벌컥!

벌컥!

뒤집히는 속을 달래기 위해 술병째 들이켰다. 그러나 들끓는 속은 가라앉지 않았다.

"추영!"

사내가 밖을 향해 고함을 질렀다.

스스스!

검은 안개 한줄기가 주루의 창문을 통해 들어왔다. 그리고는 빠르게 사람의 형상으로 모였다. 그러나 인간의 모습을 완성하지는 못한 채 모호하게 일렁거렸다.

"홍무대(紅霧隊)는?"

사내가 질문했다.

"근처에 있습니다."

안개 사내가 답했다.

"몇 명이지?"

"일백입니다."

"그들이면 얼마의 타격을 입힐 수 있나?"

"무림맹 말씀입니까?"

추영이 반문했다. 그의 목소리에 옅은 불안감이 어렸다.

홍화교 사내는 고개만 끄덕였다.

"전각 하나는 완전히 무너뜨릴 수 있습니다."

안개 사내가 답했다.

"그들을 불러라!"

홍화교 사내가 가라앉은 목소리로 말했다.

"……"

안개 사내가 대답을 미뤘다.

지금 자신이 모시는 이 사내는 평정심을 잃은 상태였다.

그런 일은 극히 드물었다. 자신이 아는 한 근래 십 년 동안은 한 번도 그런 적이 없었다.

십이 년 전쯤에 그런 적이 한 번 있었다.

자신의 사형과 비무에서 졌을 때였다.

그때는 무공이 일취월장하던 때였다. 그래서 은연중 사형을 뛰어넘었다고 자신했다.

한데 비무를 벌이자 백초 만에 패하고 말았다.

그때 이 사내는 평정심을 잃었다.

시비를 세 명이나 베었고 부하들도 여러 명이 죽어 나갔다.

그 대가로 석 달간의 면벽수련에 처해졌고 큰 오점을 남겼다.

하지만 사내는 결국 사형을 뛰어넘었고 여기까지 왔다.

지금은 사형에게 패했을 때의 광기가 다시 지배하고 있었다.

"재고해 주십시오."

안개 사내가 한참 만에 답했다.

"지금이 기회다. 불러라!"

홍화교 사내가 단호한 음성과 함께 안개 사내를 쳐다보았다. 그의 눈이 검게 물들기 시작했다.

"홍무대는 그렇게 희생되어서는 안 될……."

파앗—

홍화교 사내의 검이 허공을 갈랐다.

툭!

안개 사내의 목이 바닥에 굴렀다. 뒤이어 선혈이 터져 올랐다.

"치워라!"

홍화교 사내가 짤막하게 말하자 창문을 통해 세 개의 그림자가 쏟아져 들었다. 그리고 안개 사내의 시신을 치웠다.

"홍무대를 불러라!"

홍화교 사내가 다시 지시했다.

"알겠습니다."

시체를 치운 세 사내 중 한 명이 허리를 숙였다.

"또한 구천련에 이급령을 내려라."

"복명!"

다른 사내 하나도 허리를 꺾었다.

부하들이 나간 후 사내는 냉정을 되찾으며 천천히 술잔을 기울였다.

"홍무대는 벌써 희생되긴 아깝지. 하지만 상대가 누군가에 따라 다르다."

낮게 중얼거린 사내가 새 술병을 잡았다.

쪼르르―

술을 한 잔 더 따르던 사내가 눈살을 찌푸렸다.

주루의 창밖으로부터 이질적인 기운 한줄기가 스며들었기 때문이다.

"이건?"

사내의 눈이 크게 뜨여졌다.

"호호호!"

창밖의 지붕 위에서 간드러진 웃음소리가 들렸다.

“사매!”

사내가 벌떡 일어나서 창가로 다가갔다.

창문 밖에는 한 여인이 머리카락을 아래로 늘어뜨린 채 거꾸로 매달려 있었다. 보통 사람들이라면 기겁을 하고도 남을 장면이었다.

쉬익—

짧은 바람 소리가 일며 처마 끝에 거꾸로 매달려 있던 여인이 실내로 날아들었다.

마치 제비 한 마리가 날아드는 듯한 날렵한 신법이었다.

“대체 어떻게 된 일이야?”

실내로 날아든 여인을 향해 사내가 질문을 던졌다.

“그보다는 반갑다는 말부터 먼저 해야 되는 것 아닌가요?”

여인이 생글거리며 답했다.

나이는 이십대 중반쯤 되어보였고 몸에 착 달라붙은 경장이 풍만하면서도 군살 하나 없는 몸매를 그대로 드러내 주었다.

한마디로 뇌쇄적인 아름다움을 소유한 여인이었다.

“그래, 오랜만이군. 그런데 어떻게 된 일이지?”

사내는 천만뜻밖이란 표정으로 여인을 쳐다보았다.

여인은 자신의 막내 사매이다.

사부와 함께 홍화교 총단에 있는 줄 알았는데 이곳에 불쑥 나타난 것이다.

전혀 예상 밖의 일이었고 갑작스런 일이기도 했다. 특히 이곳은 중원의 거점으로 삼고 있는 백화루가 아니고 주루였기에 더욱 그랬다.

"내가 찾으려고만 하면 사형은 언제든지 찾을 수 있어요."

여인이 고혹적인 미소를 지으며 말했다.

"그건 인정하지. 그런데……."

"사형이 보고 싶어 왔지요. 또한 도움을 줄 수도 있을 것이고."

여인이 사내의 질문을 자르며 답했다.

"사형은 알고 있나?"

사내가 표정을 조금 굳히며 말했다.

"대사형이 알았다면 뇌옥에 가두어서라도 못 오게 했겠죠."

여인이 여전히 미소 띤 얼굴로 말했다.

"그런가? 하긴 그렇군. 그럼 탈출이라도 한 건가?"

"비슷해요."

여인의 대답에 사내는 입맛을 다셨다.

대사형의 허락도 받지 않고 몰래 교단을 빠져나왔단 말이다.

"우선 차부터 한 잔 주세요. 목이 마르군요."

여인이 마른 침을 삼키며 말했다.

사내는 주담자를 들어 여인에게 차를 한 잔 따라주었다.

“그런데 대체 무슨 일을 벌이고 있는 건가요, 사형은?”

차를 한 모금 마신 여인이 얼굴 가득 퍼져 있던 미소를 지우고 물었다.

“뭐 말인가?”

사내가 반문했다.

“흘러가는 상황이 사부님의 지시와는 많이 다른 것 같아요. 내가 잘못 판단한 건가요?”

여인이 눈을 약간 가늘게 뜨며 물었다.

“전술은 그때 상황에 따라서 달라질 수가 있지.”

사내가 대수롭지 않다는 듯 답했다.

“하지만 대사형은 그렇게 생각하지 않아요. 그게 문제죠. 또한 그것이 내가 이리로 온 이유이기도 하고요.”

여인이 빠르게 말했다.

“사형 생각은 어떤 것이지?”

사내가 물었다.

“대사형은 사형이 야망이 지나쳐 너무 앞서간다고 생각해요.”

여인이 사내를 빤히 쳐다보며 말을 이었다.

“그리고 사부님께서 출관하면 사형을 소환하려는 의도를 가지고 있어요.”

여인이 약간은 긴장한 음성으로 말했다.

사내는 여인의 말이 끝나고도 한동안 대꾸를 하지 않고 찻

잔만 기울였다.

"사매 생각은 어때?"

한참 후에 사내가 물었다.

"내 생각은… 언제나 사형의 편이었죠."

여인이 다시 미소를 지었다.

"그래. 언제나 그랬지."

사내가 빙긋 미소를 지었다.

"사형이 제법 신경을 곤두세웠군. 후후!"

사내가 나직하게 웃었다. 그리고 여인에게 눈을 돌렸다.

"사부님의 출관이 얼마나 남았지?"

"이제 반년 남았어요."

"반년이라……."

사내가 길게 읊조리며 시선을 허공에 모았다.

"시간이 없군."

사내가 혼자소리처럼 중얼거렸다.

"무슨 얘기죠?"

여인의 눈이 가늘어졌다.

"사매는 반년 후에 내 자리가 어디가 될 것 같아?"

사내가 반문했다.

여인의 눈동자가 빠르게 움직였다.

"지금까지는 대사형의 옆이었지만 사부님이 폐관수련에서 나오면 대사형의 뒤가 되겠죠."

여인이 화사하게 웃으며 말했다.

"사부님의 폐관수련이 대사형 때문이란 말이군?"

사내가 굳어진 표정으로 물었다.

"설마… 모르고 있었다는 말은 아니겠죠? 그럼 실망인데."

여인이 사내를 빤히 처다보았다.

"하하! 역시 사매는 내 편이군."

굳은 표정을 푼 사내가 통쾌하게 웃었다.

"역시 알고 계셨군요. 하지만 사부님이 대사형에게 파황검결(破荒劍訣)을 넘겨준 것은 모르시겠죠."

여인이 다른 사실 한 가지도 더 밝혔다.

이번에는 사내의 표정이 가식없이 굳어졌다.

"그걸 알려주기 위해 제가 온 거예요. 반년 후면 이 사형의 자리는 확실한 대사형의 뒤쪽이 될 거예요."

여인이 단언하듯 말했다.

"그래. 그랬지. 이제까지는 할 수 없이 옆에는 세워 두셨지. 하지만 반년 후면 옆이 아니라 확실히 뒤가 되겠지. 그래서 남은 반년이 중요하지. 나에게는……."

사내가 차갑게 웃었다.

"어쩔 생각인가요?"

여인이 냉정을 되찾은 후 질문을 던졌다.

"반년 후 사부님과 사형이 이곳에 오더라도 나를 뒤쪽에 세워놓지 못할 정도로 판세를 혼란시켜 놓을 작정이야."

“어떻게요?”

여인이 침을 삼켰다.

“현천검문의 사람들을 만났거든.”

사내가 빙긋 웃으며 답했다.

“저, 정말인가요? 정말 그들이 세상에 나왔나요?”

여인의 눈이 두 배는 더 크게 뜨여졌다.

그녀 역시 현천검문에 대해서는 알고 있는 모양이었다.

“그들이 무림사에 관여하기 시작한 것인가요?”

여인의 목소리에 긴장감이 어렸다.

“아니. 하지만 그렇게 만들 생각이야.”

사내가 입술 끝을 비틀며 답했다.

“그게 무슨?”

“그들을 강호로 끌어내면 사부님과 대사형이 혼란스럽겠지. 그사이에 나는 내 위치를 확고히 할 생각이고…….”

사내가 자신의 의중을 밝혔다.

“악마적이군요, 이 사형은.”

여인이 입을 다물지 못했다.

“모두 사부님에게 배운 것이지.”

사내가 차갑게 말했다.

“사형은 청출어람이에요. 하지만… 그게 내가 이 사형을 좋아하는 이유이기도 하죠.”

여인이 표정을 바꾸어 화사하게 웃었다.

"그런가?"

사내도 여인을 바라보며 빙긋 웃었다.

"어쨌든 이렇게 이 사형을 만나니 기분이 날아갈 것 같아요. 오늘 저녁은 거나하게 한잔해요. 그동안 중원의 술맛이 그리워 혼났어요."

여인이 입맛을 다셨다.

"무슨 술이 마시고 싶어?"

사내도 군침이 도는 표정으로 물었다.

"목욕하고 곧 나올 테니 검남춘, 죽엽청, 소흥주 우선 그것들부터 시켜줘요."

"주머니가 홀쭉해지겠군."

사내가 입맛을 다셨다.

"사형의 업보죠."

여인이 더욱 화사하게 웃으며 실내를 벗어났다.


스슥―

방 한구석에 목욕물을 받아 놓은 여인이 빠르게 붓을 놀렸다.

대나무 젓가락보다 더 가는 세필이었다. 또한 글씨를 쓰는 종이 역시 손바닥보다 작은 쪽지였다.

스스슥―

쪽지에 글씨를 다 적은 여인이 그것을 손가락만 한 굵기의 대롱에 넣었다.

대롱의 뚜껑을 봉인한 여인이 작은 상자에서 매 한 마리를 꺼냈다. 체구는 작았지만 목덜미에 검붉은 빛이 선명한 만리 신응이었다.

천리신구보다 훨씬 빠르고 강해 대륙을 횡단해서 전서를 전할 수도 있다고 했다.

만리신응의 다리에 전서를 매달은 여인이 기감을 넓혀 사 방을 살폈다.

사방은 어둠에 젖어 고요하기만 했다.

푸드득—

여인은 재빨리 만리신응을 창밖으로 날렸다.

만리신응은 단 몇 번의 날갯짓과 함께 순식간에 어둠 속으로 파고들었다.

여인은 안력을 돋우어 만리신응의 궤적을 쫓았다.

"휴—"

여인이 긴 한숨을 토하며 등을 돌리려는 순간 만리신응이 끈 떨어진 연처럼 숲 아래로 추락했다.

"망할!"

짤막하게 역정을 토한 여인이 만리신응이 날아간 반대편 창문을 향해 바람처럼 몸을 날렸다.


"그동안 제법 영리했다. 중요한 정보를 하나씩 흘리며 내

편인 척한 것도 그렇고……."

아름드리 소나무에 상체를 기댄 사내가 차가운 미소와 함께 말했다.

사내는 여인이 도주할 방향을 미리 예측하고 한발 앞서 기다리고 있었던 것이다.

만리신응을 날렸던 여인은 아무 대꾸도 못하고 입술만 씹었다.

사내의 말대로 그동안 영리하게 이중첩자 노릇을 했다. 그런데 가장 중요한 순간에 꼬리가 잡혔다.

"하지만 현천검문이란 말에 너무 흥분한 모양이군. 하긴… 그럴 만도 하지. 사부님마저도 두려움에 떠는 존재들이니까. 후후!"

사내가 만족한 웃음을 터뜨렸다.

"날 어떻게 할 생각이죠?"

입술만 씹고 있던 여인이 마침내 입을 열었다.

완벽하게 꼬리가 잡힌 이상 구질구질한 변명 따윈 필요 없다. 지금은 사내의 의중만이 중요했다.

"글쎄… 어떻게 할까? 역정보를 흘리는 것도 괜찮을 것 같기도 한데."

사내가 은근한 눈길로 여인을 바라보았다.

"협조… 하겠어요."

여인이 체념한 듯 말했다.

그때 복면 사내 하나가 날개에 화살이 박힌 만리신응을 들고와 사내에게 건네주었다.

사내는 만리신응의 발에 묶인 전통을 열고 쪽지를 빼내어 읽었다.

"그런데 문제가 있군. 전서를 살펴보니 암호체계가 바뀌었어. 그렇게 되면 어떤 내용을 적어 보내는지 알 수가 없지. 예전의 체계로 보내면 당장 의심을 살 것이고……."

사내가 손에 쥐고 있던 만리신응을 바닥에 떨어뜨렸다.

날개는 다쳤지만 숨이 붙어 있는 만리신응이 발작적으로 퍼덕거렸다.

콰직!

사내가 발을 들어 만리신응의 머리를 밟았다.

순식간에 뇌수가 터진 만리신응이 움직임을 멈추었다.

"이것이 내 대답이야."

사내가 여인을 쳐다보며 잔인하게 웃었다.

"가슴에 제법 큰 내상을 입었다고 들었는데 괜찮겠어요?"

사내의 의도를 확인한 여인이 표정을 바꾸며 대꾸했다.

체념의 기운을 씻어낸 여인의 얼굴에는 진한 살기가 어려 있었다.

"그 정도야 접어주는 셈 쳐야지. 전에도 그랬지? 그래도 항상 내가 이겼고……."

사내가 양팔을 벌렸다.

충분히 자신 있다는 몸짓이었다.

"흥! 그건 몇 년 전 이야기죠."

여인이 콧방귀를 뀌었다.

"그런가? 기대되는군. 마지막으로 하나만 묻지. 왜 이중 첩자가 됐나? 끝까지 내 편이었으면 더 호강할 텐데."

사내가 질문을 던졌다.

"대사형의 뒤가 더 든든하거든."

여인이 차가운 미소와 함께 사내를 격앙시켰다.

"영원히 그럴까?"

사내가 검을 뽑아 들었다.

그를 따라 여인도 허리에 두른 요대를 풀었다.

치이잉—

요대는 즉시 연검으로 변해 섬뜩한 검명을 토해내고 있었다. 검명과 함께 뭉클뭉클 흘러나오는 기운은 자욱한 마기였다.

쉬익—

사내가 병풍이 펼쳐지듯 움직이며 여인을 향해 다가들었다.

사내의 몸에서도 아른거리며 피어오른 마기가 실체를 모호하게 만들었다.

파아앗—

여인이 그 자세 그대로 미끄러지듯 뒤로 물러나며 연검을 휘둘렀다.

슈아앙―

여인의 연검에서 집채만 한 바위라도 박살을 낼 것 같은 패력이 쏟아졌다.

사내가 여인의 검에서 쏟아진 기운을 어깨너머로 흘리며 검을 쳐올렸다.

사내의 검과 여인의 연검이 충돌했다.

퍼엉―

막강한 내력이 스며든 두 자루 검 주변의 공간이 심하게 일그러졌다.

휘리릭―

일순 연검 끝이 기묘한 각도로 휘어지며 사내의 목을 노려왔다.

검신의 제각각이 살아 있는 듯한 연검은 한 마리 뱀 같았다.

사내가 상체를 뒤로 젖히며 연검을 피한 후 검을 세차게 내리그었다.

까가각!

연검과 사내의 검이 얽히며 불꽃이 튀었다.

여인이 사내의 검에 얽힌 연검을 잡아당겼다. 그러나 연검은 아교라도 칠한 듯 꼼짝도 하지 않았다.

여인이 눈살을 찌푸리며 연검에 내력을 주입했다.

연검 끝이 뱀의 머리처럼 일어서며 사내의 가슴을 두드려 갔다. 그곳은 유한성이 던진 검병에 가격당한 곳이었다.

사내가 연검에서 자신의 검을 떼어내며 뒤로 훌쩍 물러섰다.

여인도 한 발짝 뒤로 물러서며 연검을 흔들었다.

칭—

연검이 다시 꼿꼿하게 일어서며 시린 예기를 뿌렸다.

"많이 늘었군!"

사내가 가벼운 찬사를 흘리며 검을 들어올렸다.

우웅—

사내의 몸에서 자욱한 마기가 일며 검첨에서 아수라의 문양이 어렸다.

"수라환(修羅環)!"

여인이 짤막한 경호성을 토했다.

수라환이 검첨에 맺히려면 칠성 이상의 성취를 이루어야 했다.

그것은 사부의 독문 무공으로 제자들에게 전하긴 했지만 누구도 오성의 성취를 넘기지 못했다고 알고 있다.

그런데 사내의 검첨에서는 선명한 수라환이 맺혔다.

"현천검문의 무공은 아주 현묘하지. 그 덕을 좀 봤다고나 할까!"

사내가 빙글거렸다.

“무슨 개소리야?”

뜻 모를 사내의 말에 여인이 신경질적으로 고함을 질렀다.

“내 고모님의 과거사까지 들춰낼 생각은 없으니 이젠 그만 끝내자.”

사내가 검을 크게 휘둘렀다.

쉬이익—

사내의 검첨에 어려 있던 아수라 문양의 고리가 여인을 향해 벼락처럼 쏟아졌다.

쿠아앙—

아수라 문양의 입이 쩍 벌어지며 그 속에서 거대한 송곳니가 여인의 몸통을 관통할 듯 덮쳐왔다. 그것에 휩싸이면 온몸의 뼈가 산산조각이 나며 살점 역시 혈수로 녹아내릴 것이다.

“하앗—”

여인이 필사적으로 연검을 휘두르며 수라환의 고리를 잘라갔다.

꼿꼿하게 선 여인의 연검에서도 시퍼런 마기가 일렁거리며 사방을 잠식해 들었다.

번쩍!

먼저 시퍼런 광채가 온 사방을 밝혔다. 뒤이어 거대한 폭음이 일고 땅거죽이 한 자나 벗겨져 튀어 올랐다. 그 땅거죽에 뿌리를 내리고 있던 나무들이 모조리 뽑혀져 허공으로 같이 튀어 올랐다. 그리고 순식간에 생기를 잃고 한 겨울의 낙엽처럼 메말라 버렸다.

가공할 마기의 충돌로 인한 결과였다.

"콜록!"

여인이 기침을 토하며 뒤로 물러났다.

기침과 함께 선혈 한줄기도 흘러내렸다.

"이럴 수가?"

여인이 황망한 눈으로 사내를 쳐다보았다.

이런 정도라면 사부가 아무리 폐관수련으로 얻은 심득을 대사형에게 전해도 소용없다. 아들이기에 애착을 버릴 순 없겠지만 교를 위해서라면 후계자로 이 사내를 택하는 게 나을 것 같았다.

"내가 사부를 멀리하며 일찌감치 떠나온 이유가 그것이지. 아무래도 가까이 있다 보면 감추기 힘들거든."

사내가 비릿한 미소와 함께 다시 검을 휘둘러왔다.

쿠아아앙—

사내의 검에서 아까보다 더 강맹한 아수라 문양이 터져 나왔다.

사방이 온통 마기에 휩싸이며 그 마기에 휩싸인 나무들이 모조리 말라 비틀어졌고 작은 바위들도 쩍쩍 금이 가며 무너져 내렸다.

"하앗!"

여인이 기합성을 지르며 미친 듯이 연검을 휘둘렀다.

연검의 검신에서도 자욱한 마기가 쏟아졌다. 그리고 그 마기는 거대한 뱀의 몸통처럼 파도를 일으키며 사내의 아수라 문양에 부딪쳐갔다.

콰콰콰콰쾅—

불꽃과 폭음이 연방 터지며 그때마다 연검의 끝이 한 뼘씩 잘려 나갔다.

현철이 섞인 연검이었지만 너무 거센 기운의 충돌을 이기지 못하고 몇 가닥이나 잘려 나간 것이다.

"망할!"

여인이 역정을 토했다.

잘려 나간 연검 조각들로 인해 길이가 삼분지이로 줄어들었다. 이렇게 되면 연검의 이점을 반도 발휘하지 못한다.

"이중첩자의 말로가 어떤 것인지 잘 알겠지."

사내가 차갑게 말을 이었다.

"그냥 첩자는 적으로서 최소한의 대접이라도 받지만 이중첩자는 그조차 없지. 그냥 버러지처럼 죽어야 하지."

사내가 이를 허옇게 드러내며 웃었다.

"독사 같은 놈!"

여인이 이를 갈며 대꾸했다.

"사형에 대한 최소한의 예의마저 저버렸구나."

사내가 혀를 찼다.

"내가 대사형을 택한 진짜 이유가 뭔지 알아?"

여인이 숨을 조금 고르며 말했다.

"많이 궁금하군."

사내가 대꾸했다.

"대사형의 방중술이 더 뛰어나지."

여인이 비릿하게 웃으며 사내를 격동시켰다.

"암캐 같은 년!"

사내가 흉신악살처럼 표정을 찌푸리며 검을 휘둘러갔다.

'됐다!'

사내의 검초에 미세한 파탄이 이는 것을 간파한 여인이 그곳으로 쾌속하게 검을 찔러 넣었다.

쉬쉬쉭!

삼분지 일이나 잘려 나간 연검이었지만 그래서 그 끝의 움직임은 더 영활했다. 뱀의 혓바닥 같은 연검 끝이 파탄 사이로 스며들며 목줄을 노렸다.

와락 인상을 찌푸린 사내가 빠르게 뒤로 물러났다.

"하앗!"

여인은 비조처럼 앞으로 달려들며 더욱 세차게 연검을 뿌렸다.

여인의 연검 끝에서 붉은 꽃 한 송이가 피어났다.

연꽃 모양을 한 꽃송이였지만 그 안에는 악마의 이빨이 숫아나 있었다.

여인이 최근에 완성한 혈홍화(血紅花)였다.

피처럼 붉은 꽃송이가 폭발을 일으키며 꽃잎이 폭우처럼 사내를 향해 쏟아졌다.

사내가 본신 무공의 삼 할 이상을 숨기고 있듯 여인 역시 최소한 이 할의 실력을 숨기고 있었던 것이다.

사내가 핼쑥한 얼굴로 거세게 검을 쳐올렸다.

사내의 검에서 강력한 검막이 펼쳐지며 사내 주변을 둥글게 감쌌다.

콰콰콰콰콰쾅—

사내가 펼친 검막과 여인의 연검에서 쏟아진 혈홍화 꽃잎이 부딪치며 굉음이 터졌다.

순간적으로 검막이 폭발하듯 팽창했다.

퍼엉—

내력에서 밀린 여인의 연검이 허공으로 튕겨 올랐다. 동시에 여인의 신형도 휘청 뒤로 밀려났다.

"끝이다!"

사내가 고함과 함께 여인의 가슴을 향해 검을 찔러 넣었다.

뜨끔!

사내의 얼굴에 당혹감이 번졌다.

가슴에 입은 내상이 결정적인 순간에 통증을 불러온 것이다. 그리고 그 통증은 진기의 흐름마저 흩어놓았다.

'젠장!'

사내는 얼굴을 일그러뜨리며 검을 회수했다.

파탄이 드러난 사이로 여인의 연검이 혀를 날름거리며 날아들었기 때문이다.

파앗―

사내의 어깨에서 핏물이 튀었다. 그러나 그것으로 끝이 아니었다. 승기를 잡은 여인의 연검이 더욱 맹렬하게 내상을 입은 가슴으로 날아들었다.

사내가 이를 악물었다

이대로 가면 당하고 만다.

'육참골단(肉斬骨斷)!'

살을 내어주고 뼈를 취한다.

사내는 손을 뻗어 여인의 연검을 잡아갔다.

공력이 잔뜩 들어간 검을 맨손으로 잡는 것은 손 하나가 잘릴 각오를 해야 했다. 그러나 그런 지독한 수법을 강구하지 않으면 빼앗긴 승기를 되찾을 수 없다.

촤라락!

손바닥에 호신강기를 최대한 집중시킨 사내가 연검을 손바닥과 손등에 감았다.

전혀 예상 못한 상황에 여인의 눈이 두 배로 커졌다.

쉬익―

연검을 잡아 챈 사내가 여인의 가슴으로 검을 쑤셔 넣었다.

여인이 연검을 놓고 바람에 날리듯 뒤로 물러났다. 그러나 승기를 잡은 사내의 움직임은 여인보다 한참 더 빨랐다.

푸욱—

여인의 심장 깊숙이 사내의 검이 박혀들었다.

여인이 불신 가득한 눈으로 사내를 쳐다보았다.

그녀의 눈에서 빠르게 생기가 빠져나가고 있었다.

"네 최대 약점이 뭔지 알아?"

사내가 여인의 코앞으로 얼굴을 들이밀며 말했다.

"절대로 손해를 안 보려고 하는 것이지. 그래서는 큰 걸 못 얻어."

사내가 차갑게 웃었다.

"지랄! 사형 게… 훨씬… 컸어."

여인이 끝까지 사내의 자존심을 긁었다.

파앗—

사내가 여인의 심장에 박힌 검을 신경질적으로 뽑았다.

검이 뽑힌 자리에서 폭포수 같은 선혈이 터져 나왔다.

쿵!

여인이 통나무처럼 바닥으로 쓰러졌다.

"울컥!"

생사투를 끝낸 사내가 바닥으로 선혈을 뱉어냈다.

내상이 도지며 선혈이 역류했던 것이다.

"빌어먹을!"

사내는 일그러진 얼굴로 가슴을 쓰다듬었다.

길게 갈라진 손바닥에서 흐른 피가 순식간에 가슴을 붉게 물들었다.

태어나서 이렇게 처절한 대결은 처음이었다.

격장지계에 당하고 내상마저 도진 결과였다.

"죽일 놈!"

사내는 이를 갈았다.

사매에 대한 분노보다 유한성에 대한 분노가 먼저 일어났다.

반쯤 죽어가는 상황에서도 자루만 남은 검을 던져 자신의 가슴에 내상을 입힌 그 순간이 내내 잊혀지지 않았다.

"네놈은 반드시 내 손으로 죽인다!"

맹수처럼 으르렁거린 사내가 비틀거리며 걸음을 옮겼다.

第百章
약왕당(藥王堂)

“거기 서!”

달그림자 속에서 사진용이 모습을 드러내며 목소리를 높였다.

마치 귀신과 같은 은신술에 약왕당 근처를 어슬렁거리던 청년 하나가 화들짝 놀라며 도갑에 손을 갖다 댔다.

“여긴 어쩐 일이오?”

청년의 정체를 알아본 사진용이 온몸 가득 피워 올렸던 살기를 누그러뜨리며 물었다.

“깜짝 놀랐군! 난… 유 공자를 뵈러 왔소.”

청년이 도갑을 잡았던 손으로 가슴을 쓸며 답했다.

"사형은 상처가 심해 지금은 아무도 만날 수 없소. 잘 아시
지 않소."

사진용이 청년을 향해 말했다.

유한성은 지금 보통 사람들로서는 상상이 불가능할 정도
로 호전되어 연공실에서 수련을 하고 있었다. 그러나 외부에
는 아직 중태로 알려졌고 면회도 허락되지 않았다.

"그렇긴 하지만… 궁금해서 견딜 수가 있어야지."

청년이 입맛을 다시며 대꾸했다.

"뭐가 그렇게 궁금하단 말이오?"

사진용이 눈을 가늘게 뜨며 청년을 쳐다보았다.

"얼마나 호전이 되었는지, 기동이라도 할 수 있는지…….
모두들 궁금해하고 있소."

청년이 목을 쭉 빼어 약왕당 안을 들여다보기라도 할 듯한
자세로 말했다.

"그런 상처를 입었는데 어떻게 기동을 한단 말이오. 아직
열흘은 더 누워 있어야 겨우 말이나 할 정도가 될 것이오."

사진용이 전신에 뻗어내던 예기를 누그러뜨리며 답했다.

"하긴……."

청년이 고개를 끄덕였다.

"이건 우리 가문에서 전해오는 보명단(保命丹)이오. 치료에
도움이 될 것이오. 그리고 모두들 최대한 빨리 나아서 술 한
잔하기를 기다린다고 전해 주시오."

청년이 품에서 작은 목갑 하나를 꺼내 사진용에게 내밀었
다.

"뭐… 어쨌든 고맙소. 그렇게 전하겠소."

사진용이 고개를 끄덕였다.

"그럼 수고 하시오."

청년이 손을 한 번 흔든 후 되돌아갔다.

"많이 이상하지?"

청년의 모습이 사라진 후 달그림자 하나가 더 솟아오르며
말했다.

사진용과 함께 은신하고 있던 사진혜였다.

"그래! 그냥 병문안 온 것 같지는 않군."

사진용이 고개를 끄덕였다.

"더 결정적인 것은 저놈 몸에서 예전에 외당 당주 끄나풀
에게 내가 뿌렸던 추종향 냄새가 난다는 거야."

사진혜가 가자미눈을 한 채 말했다.

"확실한 거야?"

사진용이 눈을 크게 떴다.

"희미하긴 하지만 확실해. 직접적으로 접촉은 하지 않아도
그들과 최대한 가까이 접근한 놈이야."

사진혜가 고개를 끄덕였다.

"놈의 뒤를 밟아봐야겠군."

사진용이 은신술을 펼치기 위해 내력을 끌어올렸다.

"오빠 여기서 보초나 잘 서시지요. 추종향을 따라가는 건 내가 전문이니까."

사진혜가 지루한 보초 임무에서 해방됐다는 사실이 기쁘다는 듯 생글거리며 어둠 속으로 숨어들었다.

*　　*　　*

우우웅—

진령검이 손을 뻗어 검대에 놓인 검을 향하자 검 한 자루가 검집에서 뽑혀 가랑잎이 날리듯 그의 손으로 들어왔다.

유한성은 감탄의 눈으로 그 장면을 지켜보았다.

자신 역시 이 갑자로 공력이 증대된 후 격공섭물이 가능했지만 이렇게 부드럽게 펼칠 수는 없었다. 진령검 사숙의 경지는 마치 검을 직접 손으로 뽑는 것 같았다.

손으로 뽑아도 흔들림이 있고 떨림이 있으면 검을 뽑는 소리가 크게 울린다. 하지만 사숙께서는 격공섭물이 아닌 손으로 뽑는다 해도 미세한 바람 소리조차 나지 않을 것 같았다.

"잘 보거라!"

진령검은 사부께서 새로이 창안한 현천성라 검법을 펼칠 준비를 했다.

심공의 가르침이 끝나자마자 물과 벽곡단 몇 줌을 한꺼번에 삼킨 유한성은 사숙 진령검에게 새로 창안한 현천성라검법의 가르침을 종용했다.

수척한 얼굴의 진령검은 고개를 절레절레 흔들었지만 결국은 두 손을 들고 말았다.

우우웅—

무거운 진동음과 함께 진령검 사숙의 검이 천천히 움직이기 시작했다.

유한성의 뇌리에 각인하기 위해 최대한 느리게 펼치는 검법이었다.

비록 초식의 이름은 달랐지만 현천성라검법 역시 열두 초식으로 되어 있었다. 그리고 그 근간은 마라십이검의 초식과 같았다.

유한성은 사숙의 검로를 뚫어져라 지켜보았다. 그리고 마라십이검과의 차이점을 하나씩 하나씩 뇌리에 새겨 나갔다.

근간은 같았지만 초식을 펼쳐가는 찰나의 순간에 벌어지는 색다른 변화!

그것이 새로운 초식으로 재탄생되고 있었다.

진령검 사숙이 전해준 현천심공이 아니었으면 그 차이를 결코 감지할 수 없을 것이었다.

한 초식이 끝날 때마다 유한성은 눈을 감고 뇌리 속에서 새로운 초식을 수없이 반복했다. 그리고 그것이 완전히 뇌리에 박혀들었을 때에야 눈을 떴다.

시력을 잃었을 때 나무송곳을 벽에 꽂아놓고 그것을 뇌리에 새기고, 또 그것을 옮긴 후 순식간에 기억 속에서 그 위치를 재정립하는 훈련을 했던 유한성이었기에 그런 수련이 가능했다.

그럼에도 불구하고 어떤 때는 한 초식을 뇌리에 새기는데 꼬박 두 시진이 걸리기도 했다.

그러는 동안 어깨의 상처는 급격히 호전되어 며칠이 더 지나자 큰 힘을 쓰는 일만 아니면 활동하는 데는 불편이 없었다.

"놀라운 회복력이로구나."

진령검도 유한성의 회복속도를 보며 놀라움을 금치 못했다.

"그 정도면 목검은 들 수 있겠구나. 목검으로 펼쳐 보아라!"

상처를 살펴본 진령검이 말했다.

유한성은 검대로 가서 목검 한 자루를 들었다.

총관 남궁정한이 선물한 적룡검보다 훨씬 가벼웠다. 그래서 어깨 상처에 무리를 주지 않고 현천성라검의 검초를 펼칠 수 있을 것 같았다.

쉬이익—

유한성은 그동안 머릿속으로만 펼쳤던 현천성라검법의 새로운 초식을 펼쳤다.

목검이 천천히 움직이며 새로 창안된 초식이 한 초식, 한 초식 무겁게 펼쳐졌다.

그리고 진령검이 몇 번의 지적을 해주며 세 번을 더 반복하
자 완전히 펼쳐지게 되었다.

"이젠 됐다. 이후의 성취 여부는 네 하기에 달려 있다. 물
론 예상을 뛰어넘는 노력을 쏟아붓겠지. 하지만 어깨의 상처
가 완전히 낫기 전에는 진검을 들지 말도록 하거라. 급하게
먹는 밥이 체하게 마련이니까."

진령검이 엄하게 지시를 내렸다.

"알겠습니다."

유한성이 고개를 숙였다. 그리고 자신의 상처를 내려다보
았다.

하루가 다르게 회복되어가는 상처는 이제 열흘 정도만 지
나면 완전히 나을 것 같았다. 그때부터는 새로운 현천성라검
법의 수련에 매진할 수 있을 것이다.

"그럼 난 이만 떠나겠다. 사형을 만나고 싶구나."

진령검이 비로소 한조산을 만날 뜻을 비쳤다.

"너도 가겠느냐?"

진령검이 유한성의 의중을 물었다.

"전 이곳에서의 일이 끝나지 않았습니다."

유한성이 담담한 어조로 말했다.

"흠!"

진령검이 한동안 물끄러미 유한성을 쳐다보았다.

유한성의 가슴에 이글거리는 복수심을 짐작하기 때문이

었다.

"지나친 복수심은 자신의 내부를 먼저 갉아먹는다. 그것을 정진의 동력으로 삼되 그것에 사로잡히는 우를 범하지는 말아라."

진령검이 더욱 엄하게 말했다.

"잘 알겠습니다."

유한성이 머리를 숙였다.

"대인!"

두 사람이 연공실을 나가려는 순간 밖에서 급박한 발소리와 함께 고함소리가 들렸다.

진령검이 연공실 문을 열었다.

"약왕당에 습격을 당했습니다. 이곳도 위험할지 모르니 몸을 피하십시오!"

연공실로 뛰어든 사진용이 숨을 헐떡거리며 말했다.

"습격?"

진령검이 눈살을 찌푸렸다.

무림맹 총단에 습격을 하는 무리가 있다니?

아무리 외당 당주가 첩자로 밝혀지고 외당이 쑥대밭이 되었다고는 하나 이곳은 정도무림의 고수들이 우글거리는 용담호혈이나 마찬가지다. 그런 곳을 습격한다는 것은 섶을 지고 불 속에 뛰어드는 것이나 다를 바 없다.

"정체모를 백 명 가까이 되는 무리입니다. 그들이 약왕당으로 숨어들어 무차별적인 살육을 자행했습니다.”

사진용의 목소리에 진득한 원한이 실렸다.

약왕당은 다른 곳에 비해 경비무사 수가 적었다.

수뇌부들이 있는 곳도 아니고 아직은 환자도 얼마 없어 경비를 많이 세우지 않았다. 그래서 그곳에는 무공을 모르는 의생들이 대부분이었는데 모두 도륙 당했다.

“이놈들이?”

진령검의 얼굴에 분노의 기운이 번져 나갔다.

약왕당은 유한성이 아직 자리보전을 하고 있다고 알려진 곳이었다. 놈들이 그곳을 습격했다면 유한성과 자신을 노린 것이 틀림없다.

유한성이 보통 사람들보다 월등히 빠른 회복력을 지녀 약왕당을 나와 이곳에서 수련을 했기 망정이지 그러지 않았다면 약왕당에 누워서 놈들의 습격에 고스란히 노출되었을 것이다.

백 명이나 되는 놈들이 집중적으로 자신에게 달려드는 사이 몇 놈이 부상당한 유한성을 공격했다면 불가항력일지 몰랐다.

“놈들은?”

진령검이 물었다.

“반 정도 베어졌지만 나머지 반은 저항을 하고 있습니다. 모두 절정에 이른 고수들입니다.”

사진용이 답했다.

"내 사질을 보살피게."

사진용에게 당부한 진령검이 검대에서 검 한 자루를 뽑았다. 그리고는 바람처럼 몸을 날렸다.


약왕당은 화염에 휩싸여 있었다. 그리고 그 화염을 조명 삼아 수십 명의 인영이 뒤엉켜 접전을 벌이고 있었다.

쨍!

째쨍!

검명이 울리며 무림맹의 무사들이 피를 뿌렸다.

도주로가 모두 차단된 복면인들은 필사적으로 검을 휘둘렀고 생명을 도외시한 그들의 검에 걸린 무림맹의 무사들이 무참히 쓰러졌다.

"포위망을 더 조여라!"

정무각(正武閣) 소속 삼대주 여굉(呂轟)이 발작적으로 고함을 질렀다.

놈들의 무위가 절대로 만만치 않았다.

반 정도 도륙되고 남은 반은 무공이 더욱 강했다. 그들이 목숨을 포기한 채 검진을 짜고 대항하자 피해가 속출했다.

혼자서 움직일 때는 자객의 무공을 썼는데 포위당하자 즉시 검진을 펼치며 대항했다.

"크윽!"

“큭!”

다시 비명 소리가 들리며 제일 앞쪽의 사내 둘이 쓰러졌다. 허리가 반쯤 잘린 그들은 대라신선이 온다고 해도 살아나지 못할 정도였다.

“비켜나라!”

굵은 고함 소리가 들렸다.

목소리에 스며든 내력이 만만치 않았기에 접전을 벌이던 사내들이 반사적으로 뒤로 물러났다.

고함을 지른 사람은 장창을 든 중년인이었다.

“각주님!”

사내들이 목소리를 높였다.

그는 정무각주 원사익(元司翊)이었다. 약왕당과 가장 가까운 곳에 있는 정무각이기에 그가 제일 먼저 나타난 것이다.

독문병기인 장창을 휘두르면 섬전 같은 피보라가 뿌린다고 해서 혈섬마창(血閃魔槍)이라는 별호를 얻은 고수였다.

“불나방 같은 놈들이……”

혈섬마창 원사익은 쓰러져 있는 무림맹의 맹도들을 보면서 이를 갈았다.

감히 무림맹 총단에 침범할 생각을 하다니?

최근 무림맹 총단의 위세가 아무리 바닥으로 추락했다고는 하지만 이런 식의 침입까지 받는다는 것은 기가차서 말이 안 나올 정도였다.

“어디서 온 놈들이냐?”

원사익이 형형한 안광을 뿜어내며 물었다.

“지옥에서!”

복면인들 중 누군가 억눌린 고함을 질렀다.

“말을 할 줄 아는 놈들인가 보군.”

원사익이 검진의 한쪽을 쳐다보며 말했다.

지금까지 비명 소리 한 마디 흘리지 않고 검을 휘두르는 모습은 강시나 실혼인을 방불케 했기 때문이다.

“지옥에서 왔다면 그곳으로 되돌아갈 준비도 되어 있겠지?”

원사익이 장창을 들어 올리며 말했다.

“같이 가야겠지.”

다른 복면인 하나도 잇새로 말했다.

“그것도 좋겠군. 그곳까지 쫓아가서 네놈 잔당들 심장을 모조리 꿰뚫어주지.”

말을 끝냄과 동시에 원사익이 장창을 앞으로 내밀었다.

쉬이익—

장창이 두 배로 늘어난 것 같은 착각이 들며 제일 가까이에 있는 복면인에게로 찔러들었다.

푸욱—

복면인이 제대로 된 반항 한 번 해보지 못하고 심장이 꿰뚫렸다.

단순히 앞을 가리키는 것 같았는데 장창은 가차없이 심장을 꿰뚫는 절정의 창술이었다.

복면인의 눈에 짙은 불신감이 어리며 자신의 심장을 뚫고 등에까지 빠져나온 장창을 내려다보았다.

"크으으—"

뒤늦게 신음을 토한 복면인이 팔을 들어 올려 장창을 잡아갔다. 그러나 한발 앞서 장창은 복면인의 심장을 빠져나갔다.

쉬쉬쉬쉬쉭!—

복면인의 심장을 빠져나온 장창은 갑자기 수십 개로 변하더니 앞쪽의 검진을 향해 폭사되었다.

"개진!"

놀란 복면인들이 고함을 지르며 검을 쳐올렸다. 그러나 원사익의 장창은 어느새 세 복면인의 목을 꿰뚫고 검진을 빠져나갔다.

"쿨럭!"

"끄르륵!"

듣기 거북한 소리와 함께 세 복면인의 목에서 선혈이 쏟아졌다.

무림맹의 각주급 고수가 나서자 상황이 순식간에 달라지기 시작한 것이다.

쉬이이익!

다시 원사익의 장창이 춤을 추었다.

그의 창은 검진을 펼치고 있는 자들 중 제일 핵심이 되는 자들을 골라 찔러들고 있었다.

파팍!

파아앗—

"아무리 무림맹이 혼란에 휩싸여 있다고는 하지만……."

파앗—

"개나 소나 함부로 쳐들어올 만한 곳은 아니다!"

파파팟—

그의 창이 한 번씩 춤을 출 때마다 어김없이 피보라가 튀었다.

무림맹 총단의 위엄이 비로소 드러나는 순간이었다.

쉬익—

그의 창이 복면인들을 재차 휩쓸려는 찰나, 한 개의 암기가 원사익의 가슴을 향해 날아들었다.

"가소로운!"

원사익이 찔러나가던 창을 회수하며 신속하게 휘둘렀다.

콰앙!

폭음과 함께 암기를 쳐낸 창대가 부르르 떨었다.

원사익은 눈을 부릅뜨며 비도가 날아온 쪽을 노려보았다.

"쭉정이들만 있는 것은 아니군!"

검진의 뒤쪽에서 차가운 음성이 들렸다.

음성만으로도 단번에 절정에 이른 고수임을 알 수 있었다.

"나서라!"

원사익이 이를 갈며 으르렁거렸다.

자신의 장창을 검이나 도가 아닌, 비도 하나로 휘청거리게 한 사실이 받아들일 수 없는 것이다.

슈아악!

섬뜩한 바람 소리가 일며 다시 한 개의 암기가 원사익을 향해 날아왔다.

소리는 들렸지만 그것이 무언지, 얼마만한 빠르기로 날아오는지 짐작이 가지 않았다.

"고얀!"

고함을 지른 원사익이 창대의 중간을 잡고 풍차처럼 창을 회전시켰다.

파아앙—

회전하는 창대가 막을 일으키며 거대한 방패가 되어 원사익의 전면을 방어했다.

투타탕!

창대의 막에 무언가 부딪치며 둔탁한 음향이 터졌다. 그리고 번쩍! 하는 섬광과 함께 폭음이 뒤를 이었다.

이번에 날아온 것은 암기가 아니었다. 암기로 위장한 화탄이었다.

퍼퍼펑!

창대에서 재차 폭음이 터지며 시뻘건 불길이 치솟았다. 동시에 원사익이 창과 함께 불길에 휩싸였다.

“아악!”

“아아악!”

근처에 있던 무림맹의 무사들이 원사익과 같이 화염에 휩싸이며 바닥을 굴렀다.

“이런 무도한!”

중년 무사 하나가 볼 살을 부르르 떨며 화탄이 날아온 곳을 쏘아보았다.

그곳에서 화탄이 하나 더 날아왔다.

“피해라!”

중년 무사가 고함을 질렀다. 그러자 포위망 한 곳이 대나무가 갈라지듯 양쪽으로 갈라지며 길이 열렸다.

그 길에서는 화탄은 터지지 않았다. 화탄으로 위장한 속임수였던 것이다.

“놈들은 저 앞쪽 건물 연공실에 있다. 모두 그곳으로!”

화탄이 터지는 폭음 대신 복면인들 사이에서 누군가 고함을 질렀다.

그곳을 향해 검진을 형성하고 있던 복면인들이 바람처럼 쏘아졌다.

“막아라!”

“포위망을 조여라!”

무림맹의 무사들이 고함을 지르며 다시 조여들었지만 한 곳을 향해 쏘아지는 복면인들의 기세는 강궁의 시위를 떠난 강전처럼 거셌다.

앞에서 몸을 날리던 복면인들이 막 연공실의 문을 향해 검을 휘두르려는 순간 연공실 문에서 섬광이 작렬했다.

콰아앙!

섬광에 이어 폭음이 터지며 복면인 몇 명의 몸이 걸레쪽이 되어 뒤로 날아왔다.

"헛!"

"엇!"

팔이 잘려나가도 신음 소리 한 번 지르지 않던 복면인들이 짤막한 경호성을 터뜨렸다.

갑자기 터져 나오는 섬광과 함께 동료 몇 명이 순식간에 육편이 되어 뒤로 터져 나오는 모습은 상상조차 하지 못한 광경이었다.

연공실을 향해 날아들던 복면인들이 주춤하며 일제히 신형을 멈추었다.

뒤쪽에서 날아들던 사람들과 충돌이라도 할 만한 상황이지만 그들은 마치 한 몸이라도 된 듯 일사분란하게 멈추었다.

그 모습이 서늘한 공포감을 자아내게 했다. 하지만 복면인들은 앞에서 벌어진 사태에 더욱 서늘한 공포감을 느끼며 앞쪽을 주시했다.

천천히 한 인영이 연공실 문을 나서고 있었다.

第百一章
절대고수

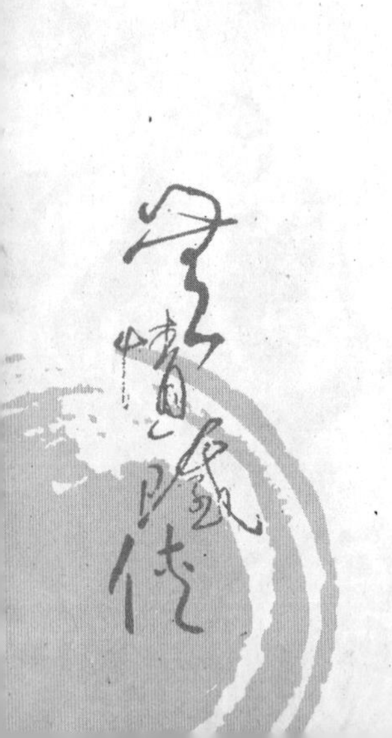

주춤!

앞쪽의 복면인들이 한 걸음씩 뒤로 물러났다.

구름 위를 걷듯 가볍게 다가오는 중년인이었지만 그의 전
신으로 자연스럽게 풍겨 나오는 기운은 마치 거대한 해일을
마주한 것 같았다.

숨이 턱 막히며 등줄기에 절로 식은땀이 흘러내렸다. 그리
고 검을 든 팔이 만근의 무게로 들어올리기도 힘들 지경이었
다.

"목표물이다. 기필코 베어라!"

정무각주 원사익에게 화탄을 던진 사내가 내력을 잔뜩 실

어 고함을 질렀다.

중년인에게서 뻗어 나오는 기파를 흩어 버리기 위함이었
다.

"복명!"

비로소 기파의 압력에서 해방된 복면인들이 한꺼번에 날
아올랐다.

그 순간, 연공실에서 나온 인영이 천천히 검을 들어 올려
허공을 향해 원을 그렸다.

우우웅―

무거운 진동음 한줄기가 허공을 갈랐다.

그리고는 아무런 일이 일어나지 않은 것 같았다.

하지만 다음 순간!

츄아아아아아악―

대기를 갈기갈기 찢어발기는 소음과 함께 수십 가닥의 빛
줄기가 앞으로 터져 나가다.

느릿하게 원을 그리는 단순한 동작과는 너무도 어울리지
않는 개세의 검초였다.

"크아악!"

"아아악!"

"아악!"

허공중에서 처절한 비명성이 연달아 터져 나왔다.

그리고 잠시 동안 정적이 흘렀다.

쿠쿠쿠쿠쿵!

허공으로 날아올랐던 복면인들이 모조리 허리나 심장이 갈라진 채 바닥으로 떨어졌다.

단지 허공을 향해 원을 그리는 단순한 동작에 비해 그 결과는 너무 엄청났다.

뛰어 들던 복면인들이 다시 주춤거리며 뒷걸음질을 쳤다.

절정을 한참 뛰어넘은 가공할 무위를 지닌 고수에게 자신과 비슷한 고수가 아닌 이상 숫자는 무의미하다.

한 명씩 차례로 덤비거나 모두 한꺼번에 뛰어든다고 해도 시간상의 차이만 조금 있을 뿐 결과는 마찬가지다.

몰살!

그 단어가 선명하게 인식되는 상황이었다.

"명령에 따르는 네놈들에게는 죄가 없을 터, 한 번의 기회는 주겠다. 검을 버려라!"

진령검이 검을 앞으로 내뻗으며 말했다.

나직했지만 무림맹 총단 곳곳으로 퍼져 나가는 음성이었다.

"우리에게 있어 가장 큰 죄는 명령을 수행하지 못하는 것이다."

화탄을 던진 사내가 차가운 어조로 대꾸했다.

그의 목소리 역시 나직했지만 무림맹 총단 곳곳으로 퍼져 나갔다.

"불나방들!"

진령검이 탄식조로 말했다.

"불나방의 날갯짓도 때로는 촛불을 꺼뜨릴 수가 있다는 걸 모르는군. 쳐라!"

사내의 명령이 떨어지자마자 잠시 주춤거리던 복면인들이 먹이를 향해 달려드는 까마귀 떼처럼 진령검을 향해 달려들었다.

검을 앞으로 내뻗었던 진령검의 신형이 흐릿해졌다.

슈우욱!

그 자리에서 사라진 진령검의 신형이 복면인들의 한복판에서 솟아올랐다.

"멸(滅)!"

진령검의 입에서 분노에 찬 음성이 터짐과 동시에 그의 검이 횡소천군의 초식처럼 횡으로 쓸어갔다.

파츠츠츠츠츠—

마른 나뭇가지가 타들어가는 소리와 함께 검기의 물결이 해일처럼 복면인들을 덮쳐갔다.

공포에 질린 눈을 한 복면인들이 필사적으로 검을 쳐올렸다. 그러나 그들의 검은 검기의 물결에 닿자마자 조각조각 터져 나갔다. 그리고 그들의 심장 또한 검과 같이 갈라졌다.

한 무리의 복면인을 쓰러뜨린 진령검이 다시 신형을 움직였다.

그의 신형이 아지랑이처럼 일렁거렸다.

그렇게 보일 뿐이었다.

하지만 그 움직임이 한 번씩 있을 때마다 섬광이 터졌고 서너 명의 복면인이 바닥을 뒹굴었다.

순식간에 반 가까운 복면인들이 바닥에 쓰러졌다.


"어떻게 저런 검초가……?"

"정말 가공할 검초군요."

"청해마검의 마라검기보다 훨씬 더 가공하구려."

맹주 선운 진인을 비롯한 무림맹의 수뇌부가 경외감 가득한 음성으로 말했다.

약왕당의 습격 소식을 듣고 약왕당 근처의 청운각에 당도한 그들은 막 터져 나온 진령검의 검초에 자연 입이 벌어졌다.

단순하게 휘두른 검초에서 쏟아지는 가공할 기운들!

그의 검에는 이미 초와 식은 무의미했다. 내뻗는 대로 초가 되었고 식이 되었다. 그리고 그 초식에서 쏟아지는 기운은 가공함 그 자체였다.

"대체 어떤 문파이기에……."

맹주 선운 진인이 신음처럼 중얼거렸다.

지옥의 그물이라는 마라검기를 뿌렸지만 정체나 내력을

알 수 없었던 청해마검!

죽은 줄 알았던 그가 제자를 키워 냈을 때 부적 관심을 갔다. 그러나 그의 사문이나 내력에 대해서는 크게 궁금하지 않았다.

모래알만큼 만은 기인이사들 중 한 사람으로 족했다.

하지만!

가공할 무위의 사제가 등장함으로 이젠 그의 사문이 그 무엇보다 궁금했다.

저 정도의 무공을 소유한 문도를 길러낸 문파라면 이름 정도는 알 수 있을 터인데 전혀 알려져 있지 않았다.

그것만으로도 기사라 할 수 있을 것이다.

"어쨌든 정도무림으로는 큰 복이 아닐 수 없소."

점창파의 장로 장한목(張漢牧)이 흥분된 어조로 말했다.

"하지만 적이 너무 많습니다. 도와주어야 하지 않을까요?"

무당의 태종 진인이 말했다.

"우리가 가세하는 것은 오히려 방해만 될 뿐이오. 멀찍이 비켜나 있는 것이 차라리 도와주는 것이오. 맹의 청년들도 모두 물리거라."

맹주 선운 진인이 진령검에게 시선을 고정시킨 채 말했다.

"알겠습니다."

중년인 하나가 고개를 숙인 후 빠르게 사라졌다.

‘현천진령검법…….’

유한성은 속으로 낮게 중얼거렸다.

사숙의 뿌리는 검초의 이름이었다. 또한 그것은 현천검문의 열 가지 검초 중 하나였다.

현천성라검법이 가장 난해하고 그만큼 위력적이라고 했지만 지금 사숙이 뿌리는 현천진령검법은 자신이나 사부의 현천성라검법으로서는 흉내도 낼 수 없는 위력을 내포하고 있었다.

사숙은 십성을 넘어섰다. 그래서 그 검법의 위력 또한 가공할 정도였다.

자신 역시 각고의 노력으로 구성을 뛰어넘고 십성에 이르면 저런 정도의 위력으로 현천성라검법을 뿌릴 수 있을까?

지금으로서는 엄두도 나지 않는 수준이었다.

구성과 십성은 숫자 하나 차이지만 무공에서는 두 배가 넘는 차이가 될 수도 있고, 더 나아가 몇 배가 될 수도 있다.

그동안 갈고닦은 것을 완성하는 십성은 그런 경지였다.

그 까마득한 경지가 사숙의 검에서 펼쳐지고 있었다.

유한성은 모든 것을 망각한 채 사숙의 움직임에만 온 신경을 집중했다.


파아앙—

진령검의 검이 허공을 가를 때마다 빛무리에 휩쓸린 복면인들이 폭풍에 휘말린 들풀처럼 쓰러졌다.

이젠 더 이상 진령검을 향해 달려드는 사람은 없었다.

진령검의 말대로 그를 향해 달려드는 것은 불나방이 불을 향해 달려드는 것이나 마찬가지였다.

순식간에 다시 반으로 줄어든 복면인들은 서서히 얼어붙었다.

일렁!

약왕당 건물이 타오르는 불빛 속에서 진령검의 신형이 흐릿해졌다. 그리고는 화탄을 던진 복면인에게로 미끄러져 갔다.

"막아!"

짧은 경호성과 함께 복면인들이 검을 휘둘렀다.

그러나 그들의 검은 반도 휘둘러지기 전에 진령검의 검이 먼저 그들의 가슴을 스치고 지나갔다.

"크윽!"

"큭!"

비명성과 함께 세 명의 사내이 동시에 쓰러졌다.

일렁!

진령검은 어느새 그사이를 빠져나오며 검을 흔들었다.

숲 속을 산보하며 풀줄기들을 헤집고 길을 여는 듯한 여유로운 움직임이었다. 그러나 그의 검에 걸리는 복면인들은 추풍낙엽처럼 떨어져 나갔다.

화탄을 던진 복면인의 눈에 공포감이 번져 나갔다.

남은 홍무대 오십 명이 단 한 사람에게 도륙당하고 있었다.

인간의 무위라고 느껴지지 않았다.

대체 저자의 정체는 무엇이란 말인가?

교주가 나온다면 저자를 막을 수 있을까?

쉽게 장담할 수 없었다.

필사적으로 부하들이 진령검을 막아섰지만 진령검은 개미집을 파헤치는 오소리였고 부하들은 오소리의 발길질에 흩날려가는 개미떼였다.

순식간에 부하들이 다섯 명으로 줄어들었다.

그들 역시 한 번의 검초만 더 펼쳐지면 모조리 쓰러질 것이다.

사내의 눈이 검게 물들었다. 이윽고 사내가 전신 내력을 끌어올렸다.

우우웅―

사내의 상의가 폭풍우에라도 맞은 듯 펄럭거렸다.

파앗!

부하 한 명의 신형이 진령검의 시선을 가리는 순간, 땅을 박찬 사내가 검과 일직선이 되어 진령검을 향해 강궁처럼 쏘아졌다.

온 내력을 한 점 목표에 집중하는 검신일체의 가공할 공격

이었다. 그리고 그의 검은 부하의 등을 뚫고 그대로 진령검에
게로 찔러들었다.

부하 한 명을 희생시키면서 자신의 몸은 숨긴 악랄한 공격
이었다.

"고얀!"

한발 앞서 훌쩍 뒤로 물러난 진령검이 차갑게 외쳤다. 동시
에 그의 검이 풍차처럼 회전했다.

콰아아앙!

검과 일직선이 된 사내가 회전하는 진령검의 검에 부딪치
며 거대한 폭음이 터져 나왔다.

폭음과 함께 터져 나온 기파가 사방을 휩쓸어 땅거죽이 몇
겹이나 벗겨져 나갔다.

"크으윽!"

자욱한 흙먼지 속에서 답답한 비명성이 울려 퍼졌다.

잠시 후 흙먼지가 걷히고 장내의 광경이 눈에 들어왔다.

온몸이 걸레처럼 변한 사내가 한쪽 무릎을 꿇은 채 반만
남은 검을 지팡이처럼 짚고 간신히 신형을 유지하고 있었
다.

"쿨럭!"

사내의 입에서 연신 선혈이 흘러내렸다.

사내를 향해 진령검이 천천히 걸음을 옮겼다. 그런 진령검
의 모습은 처음과 조금도 달라져 있지 않았다.

옷매무시는 물론, 머리카락 한 올 흘러내리지 않았다.

"으으……."

천천히 다가오는 진령검을 바라본 사내가 불식간에 신음을 토했다.

단전이 파괴된 그는 폭혈마공을 펼치거나 심맥을 터뜨려 자진을 하는 것도 불가능했다.

"너를 보낸 놈에게 가서 전해라. 나를 격동시켜 무언가를 꾀할 생각이었다면 좀 더 그럴 듯한 놈들을 보내야 했다고. 그 어리석은 장난의 대가로… 조만간 다시 만나게 될 것이라고도……."

사내를 향해 말한 진령검이 남은 복면인들을 쳐다보았다.

복면인들의 신형이 덜덜 떨리고 있었다.

죽음에 대한 공포 때문이 아니었다. 목숨 같은 건 언제든지 버릴 수 있게끔 철저하게 훈련된 인간들이었다.

그럼에도 온몸이 떨리는 것은 진령검의 몸에서 흘러나오는 기파에 전신 근육들과 세포들이 아우성을 치고 있기 때문이었다.

"데려가라!"

진령검이 짤막하게 말했다.

복면인들이 실혼인처럼 몸을 움직이며 한쪽 무릎을 꿇고 있는 사내를 부축했다.

휘익—

목숨이 붙어 있는 복면인들이 하나라도 된 듯 몸을 날렸다.

복면인들이 사라지고 난 후에도 장내는 얼어붙은 듯 아무런 움직임도 보이지 않았다.

진령검의 전신에서 흘러나온 기운이 적아를 막론하고 모든 사람을 경색시키고 있었기 때문이다.

"그만 들어가자. 바람이 차구나."

잠시 후 진령검은 우두커니 서 있는 유한성의 어깨를 두드리며 연공실로 향했다.

진령검과 유한성, 사진용이 사라진 후에도 장내의 경색은 좀 더 지속되었다.

"부상자들을 신속히 약왕… 아니, 별채로 옮기고 장내를 정리하라!"

누군가 고함을 질렀다.

놈들의 검이 살기등등했기에 치명적인 부상자들도 많았다. 하지만 약왕당의 의생들이 거의 몰살당하고 약왕당 건물마저 불탔기에 앞으로도 사상자가 늘어날 터였다.

"어서 부상자부터 옮겨라!"

비로소 얼어붙었던 장내가 소란스러워지며 어지러운 움직임이 일었다.

*　　*　　*

“흑영대(黑影隊)를 움직여 놈들을 은밀히 쫓도록 지시를 내렸소.”

비영각주 초영신개가 결연한 표정으로 말했다.

그는 진령검이 복면인들을 도륙하는 중에 진령검에게 전음을 날려 간곡히 부탁을 한 것이다. 그리고는 몇 놈을 살려 보내게 하여 그들의 뒤를 밟게 지시를 내린 것이다.

“극히 은밀히 움직여야 할 것이오. 놈들은 남궁세가 소가주의 미행마저도 알아채고…….”

모용영준이 말끝을 흐렸다.

총관 남궁정한의 아픔이 얼마나 큰지 알고 있기에 한 행동이다.

“잘 알고 있소이다. 그래서 미행과 은신술에 극도로 특화된 인물들만 골라 추적하게 했소.”

초영신개가 고개를 끄덕였다.

“이번에야말로 놈들의 본거지를 알아내야 하오. 그래서 중원에 스며든 놈들부터 뿌리 뽑아야 할 것이오.”

소림의 장한 대사가 무거운 음성으로 말했다.

“그래야지요. 그래서 오늘의 수모도 백 배, 천 배 되돌려 주어야지요.”

초영신개가 이를 악물며 답했다.

　　　　*　　　*　　　*

　사숙 진령검은 복면인들의 약왕당 습격이 있은 다음날 새벽 올 때와 마찬가지로 아무에게도 알리지 않고 바람처럼 무림맹 총단을 떠났다.

　무림사에 관심이 없는 그에게 잘 어울리는 모습이었다.

　사숙이 떠난 며칠 후 유한성은 총관 남궁정한과 함께 맹주의 처소로 향했다.

　상처가 낫거든 자신을 찾아오라는 맹주의 당부 때문이었다.

　그 자리에서 유한성은 사숙 진령검의 인사를 전했다.

　진령검이 연공실에서 수련중인 줄 알았던 맹주 선운 진인과 총관 남궁정한은 제대로 인사도 나누지 못한 채 이별했다는 아쉬운 마음에 연방 탄식을 토했다.

　"어쩌면 그것이 더 나을 수도……. 그래서 말없이 떠난 것인지도……."

　한참 후에 선운 진인이 한숨과 함께 말했다.

　외당이 아직 혼란에 휩싸여 있고 약왕당이 쑥대밭이 된 지금 진령검의 존재는 큰 기둥과 같았다. 그런 그가 떠났다는 사실은 아무도 모르는 것이 나았다. 그렇게 함으로 무림맹은 여전히 절대고수 한 명을 보유하고 있는 것이다.

　"상처는 어떤가?"

　마음을 가라앉힌 선운 진인이 유한성을 향해 물었다.

“거의 회복되었습니다.”

유한성이 담담하게 답했다.

선운 진인이 깊은 눈으로 유한성을 쳐다보았다. 그는 유한성의 깜짝 놀랄 만한 회복력도 진령검이 웅혼한 내력으로 다스린 때문이라고 생각한 것이다.

내력이 전혀 알려지지 않은 절대고수 청해마검과 그의 제자인 유한성!

그리고 청해마검의 사제이자 유한성의 사숙인 진령검!

그들의 사문과 무공에 대한 궁금증이 참을 수 없을 만큼 증폭되었다.

“자네 사문에 대해 물어봐도 되겠는가?”

선운 진인이 질문을 던졌다.

“현천검문입니다.”

유한성이 짤막하게 답했다.

“현천검문?”

남궁정한이 눈 사이를 좁혔다.

생전 처음 듣는 이름이었기 때문이다.

청해마검만 해도 일대종사 수준의 고수이다. 그리고 그의 사제 진령검은 그보다 더 고수였다.

그런 문도들을 거느린 문파라면 온 무림에 위명이 쟁쟁해야 할 터인데 금시초문이란 사실이 혼란스러웠다.

“세상사에 초탈한 채 검도의 길만 걷는 문파라 들었습니다.”

유한성이 덧붙였다.

"세상 곳곳에는 모래알처럼 많은 기인이사가 있다더니……."

맹주가 고개를 끄덕였다.

"자네 말투로 미루어보니 자네 역시 아는 것이 별로 없는 모양이군?"

남궁정한이 말했다.

"그렇습니다."

유한성은 고개를 끄덕였다.

사부님의 바로 위 사형인 적월검 사백은 돌아가셨고 운봉선인으로 불리시는 사조님과 함께 사부님의 대사형이신 현유검 사백, 그리고 사부님의 바로 아래 사제이자 현 현천검문의 문주이신 청하검 사숙이 계신다는 것은 들었다. 물론 진령검 사숙도 함께…….

그러나 그 이상은 아는 것이 없었다.

"언젠가는 뵙게 되겠지?"

"그렇게 되기를 빌 뿐입니다."

유한성이 담담히 답했다.

"나 역시 꼭 한 번 뵈었으면 좋겠네."

맹주가 간절한 목소리로 말했다. 그리고는 방문 쪽을 향해 고개를 돌렸다.

"맹주!"

밖에서 초영신개의 다급한 목소리가 들렸다.

"무슨 일이 있으시오?"

맹주의 얼굴이 굳어졌다.

최근 벌어졌던 흉흉한 일들에 아직 마음이 안정되지 않은 결과였다.

"놈들을 추적했던 흑영단 단원들이 모두 연락이 끊겼습니다."

초영신개가 허탈하기 짝이 없는 음성으로 말했다.

이번에야말로 성공을 확신하고 있었는데 상황은 정반대로 흘러가고 있었다.

"그렇다면 놈들에게 제거되었다는 말이오?"

남궁정한의 눈에서 불길이 일었다.

아들 남궁성민도 그들을 미행하다가 죽었다. 그래서 극히 조심하며 추적을 시켰는데 그들 역시 아들과 같은 꼴을 당한 것이 아닌가.

"그럴 가능성이 높습니다."

초영신개가 이를 갈며 답했다.

"허어! 간교한 놈들이로고……."

맹주가 탄식을 토했다.

거의 다 도륙당하고 제정신도 아닌 상태에서 몇 놈만 도주했기에 충분히 미행할 수 있으리라 생각했다. 그런데 놈들을 추적한 흑영단도 실패한 것이다. 그럼으로 인해 놈들의 소굴을 찾을 가망성은 또 사라져 버렸다.

"놈들의 소굴 하나를 찾을 수 있을 것 같습니다."

이제껏 초영신개 등의 말을 듣고만 있던 유한성이 차분하게 말했다.

"뭐라!"

"그, 그게 정말인가?"

남궁정한과 초영신개 등이 동시에 고함을 질렀다. 그리고는 뚫어져라 유한성의 입만 쳐다보았다.

다른 사람이 그런 말을 했다면 반신반의 했겠지만 무림맹의 첩자를 찾아낸 유한성이 아닌가.

해가 서쪽에서 뜬다고 해도 믿음이 가는 정도였다.

"정녕, 정녕 자네가 찾을 수 있겠는가?"

맹주 선운 진인도 눈을 부릅뜨며 물었다.

"짐작 가는 곳이 있습니다."

유한성이 무겁게 고개를 끄덕였다.

"그곳이 어딘가? 어서 말해보게."

총관 남궁정한이 고함을 치듯 재촉했다.

아들 남궁성민에 대한 복수심이 그의 가슴 속에서 다시 거세게 타올랐다.

"대신 조건이 하나 있습니다."

유한성의 눈에서도 불길이 이글거렸다.

"말해 보게."

맹주 선운 진인도 빠르게 말했다.

"항마백룡대(抗魔白龍隊)를 움직일 수 있는 전권을 주십시오. 물론 소굴을 찾을 때까지 한시적입니다."

유한성이 도전적인 눈빛과 함께 요구했다.

무언가 대가를 바라고 조건을 거는 행동은 거부감이 일었지만 놈들에게 복수를 하기 위해서라면 이젠 물불을 가리지 않을 생각이었다.

놈들의 소굴을 습격하려면 항마백룡대 전원을 움직여야 가능할 것이다.

"항마백룡대라……."

선운 진인이 말꼬리를 길게 늘였다.

항마백룡대는 무림맹의 최정예 특수부대였다.

본격적인 정사대전이 발발하면 최전방에서 임무를 수행하기 위해 만든 부대로 아직까지 모습을 보이지 않고 지하 연무장에서 수련만 하고 있었다.

잠시 침묵이 이어졌다.

아직 전력을 감추고 있는 아홉 개의 최정예 특수부대인 항마구룡대!

그들 아홉 중, 한 개인 항마백룡대를 미리 내보이면 놈들에게 숨긴 전력을 노출하는 상황이 될 수도 있다.

그래서 잠시 동안 침묵이 일고 있었다.

그 침묵을 총관 남궁정한이 깨뜨렸다.

"항마백룡대에 야월령(夜月靈)까지 보태주지. 그러니 놈들의 소굴을 꼭 찾아 분쇄하게."

남궁정한의 눈에서 복수의 불길이 활활 타오르고 있었다.

『무정철협』 9권에 계속…

종수의 귀환
종수의 귀환
2
종수의 귀환
1
종수의 귀환
1
템블러 장편 소설
템블러 장편 소설
템블러 장편 소설
FUSION FANTASTIC STORY